AF578419

Henry Nadales

ATENTADO EN LA MADRUGADA

Novela

ATENTADO EN LA MADRUGADA

Henry Nadales, 2024

Ciudad Bolivia – Parroquia Ciudad Bolivia
Municipio Pedraza – Estado Barinas

ISBN: 978–980–18–5377–0

Edición: 1.000 ejemplares.

República Bolivariana de Venezuela.

Dedicado a
Leticia Valera Nadales

Agradecimiento:
A mi familia por perdonarme las muchas horas de afecto y cariño que les quité para dárselas a la realización de esta obra.

Simón Bolívar.
Franciois Desiré Roulín.
Lápiz sobre papel (0,222 x 0,193)
Bogotá, 1828.

ÍNDICE

"Ibarra regresó en aquel momento; yo estaba sentado en mi hamaca poniendo mis botas; Santander seguía hablando conmigo; Ibarra se acostaba cuando una fuerte descarga nos sorprende y las balas nos advierten que había sido dirigida sobre nosotros. La oscuridad nos impidió distinguir nada."

Simón Bolívar
Diario de Bucaramanga (1828)
Luis Perú de Lacroix

PRESENTACIÓN

Apreciado lector, me siento honrado por este extraordinario evento de la presentación de la novela intitulada *Atentado en la madrugada*, la cual se sitúa en un momento histórico concreto de la guerra de la independencia, conflicto armado librado entre los años 1811 y 1823 por las fuerzas republicanas de Venezuela y el ejército representante del imperio español de aquel entonces, a propósito de procurar la independencia del país.

El autor de esta novela es economista, abogado, escritor, conferencista, profesor universitario y cronista, consagrándose en el ámbito de las letras con esta incursión en el subgénero literario de la historia novelada, hilvanando con increíble habilidad y destreza el desarrollo de la trama de la obra, identificada fácilmente en el título. Indudablemente que, para lograr esta hazaña las circunstancias le exigieron una enorme preparación documental, auxiliado por los estudios de la historia venezolana realizados durante muchos años de su vida, evidenciado en las muchísimas de presentaciones públicas, foros y conferencias sobre acontecimientos históricos en las que en las que ha intervenido.

El experimentado escritor de esta obra siempre ha utilizado un lenguaje sencillo, sin menospreciar lo técnico; y en esta oportunidad también emplea ese peculiar estilo en la narrativa. De manera genial supo hacer que las oraciones fluyeran en cada párrafo con suficiente coherencia y cohesión, sin dejar ideas inconclusas, favoreciendo al lector para seguir fácilmente en el texto el hilo conductor de la trama, características que lo definen a mi juicio, como un excelente escritor.

En la novela que presento de manera respetuosamente a todos sus lectores se observa la presencia de aspectos narrativos y descriptivos del contexto espacial del poblado *San José de Tiznado* y del principal escenario del atentado: *El Rincón de los Toros*. Los diálogos, pensamientos, el paisaje de la sabana guariqueña del hato *El Totumo*, la conglomeración de árboles, los caballos y el ganado, la estructura organizativa de los dos ejércitos en conflicto, el popular baile de música llanera y en general, el ambiente donde se desarrolla la historia, están narrados o descritos con detalle para estimular con agrado los cinco sentidos del lector, mediante el predominio de hechos y personajes reales, que destacan sobre lo imaginario.

En relación a los diálogos, sobresalen los de Simón Bolívar con el padre Miguel Prado, capellán del ejército liberador, en el cual el primer interlocutor hace mención de acontecimientos de su vida personal desde la niñez, que le marcaron su devenir en el tiempo, como la muerte de sus progenitores, el apoyo brindado por Matea e Hipólita, quien lo amamantó, pocos días después de haber nacido, por el impedimento de su madre al presentar problemas de salud. Su matrimonio con la joven María Teresa Rodríguez del Toro y Alayza, quien murió y le dejó viudo en poco tiempo. Otro diálogo de interés es el sostenido entre el protagonista y José Antonio Páez, bien llamado el *Centauro de los Llanos,* vinculado con temas de la guerra y de los atentados contra Bolívar; hechos que se narran sin llegar a ser una biografía.

El actor principal es Simón Bolívar, protagonista y héroe de la novela de esta presentación, ejerciendo el papel de jefe supremo del ejército republicano y como coprotagonista el pedraceño y coronel Rafael López, reconocido como el mejor jefe de caballería del ejército realista, en su actuación como villano, siendo el autor intelectual del atentado fallido en la madrugada del 17 de abril de 1818, contra el primer prenombrado. En lo relativo a actores de segundo nivel, se encuentran próceres de la guerra de la independencia: por el lado patriota, el doctor Pedro Briceño Méndez, secretario privado del *Libertador*; José Palacios, mayordomo de confianza de Bolívar; el capitán Diego Ibarra, su primer edecán; el coronel Francisco de Paula Santander, jefe del Estado Mayor; el coronel Fernando Galindo y el capitán Mateo "El Sastre" Salcedo, miembros del Estado Mayor y por el lado de los realista, figura el teniente Tomás Renovales, responsable directo del atentado, del cual se hace referencia en esta novela.

En fin, a mi criterio, la novela *Atentado en la Madrugada* es una extraordinaria obra literaria, que de seguro va a deleitar a quienes a bien se dignen en leerla, intuyendo que el número de lectores sobrepasará lo siete dígitos.

Ángel Ignacio Díaz Rodríguez

PRÓLOGO

"La tropa avanza lenta y nerviosa hacia un pequeño poblado enclavado en el corazón de Venezuela (...)". De esta manera comienza el autor su primera novela.

Esta obra que tienes en tus manos, querido lector, es la más atrevida aventura literaria de Henry Nadales. *Atentado en la madrugada* es la novela que, entre realidad y ficción, nos narra un hecho histórico en el que casi pierde la vida el *Libertador* Simón Bolívar, a manos de un paisano del autor, el pedraceño Rafael López, un coronel con fama de ser uno de los mejores jefes de caballería en los llanos. "Es astuto, inteligente, sagaz y muy valiente; además lo adorna la virtud de ser un exitoso estratega militar" y de poseer "un especial talento natural para labrar la victoria en el campo de batalla". Así nos va metiendo Henry en la trama, mediante el uso de un verbo florido y exquisito, con la misma maestría que emplea cuando nos relata un hecho, una crónica o cualquier suceso. Su narrativa tiene el poder del encantamiento mágico que atrapar al lector con un discurso preciso y elocuente.

Ustedes amigos lectores que, como yo, van a disfrutar de su lectura adentrándose en un mundo mágico conducido por la mano de su autor, penetrando a ese pequeño poblado con calles polvorientas de *San José de Tiznado*, cuna de la Negra Matea; y seguramente que disfrutaran amenamente de una lectura, que posee la esencia misma de las buenas literaturas. La magia de esta narrativa tiene su más transcendental dimensión cuando el escritor aprovecha un breve espacio temporal de la trama novelada para darnos a conocer una parte fundamental del desempeño histórico del *Libertador*, cuando el hombre de las dificultades y de los apremios, embarcado en su hamaca la misma noche del atentado recuerda hechos de vital importancia en el desarrollo de la gesta libertadora.

Henry Nadales, es abogado, economista y cronista. Desde hace mucho tiempo ha venido hurgando de manera sistemática, constante y con pasión los orígenes de acontecimientos ocurridos en la tierra que lo vio nacer. Ya tiene en su haber varias obras publicadas; pero en esta ocasión no vaciló en aventurarse a regalarnos esta novela, *Atentado en la madrugada*; que me atrevería asegurar que lo impulsó el deseo de saldar cuenta con la historia en nombre de su pueblo por el hecho de que un paisano suyo haya sido el autor intelectual atentado contra el Padre de la Patria; y por cuanto paradójicamente, la capital del municipio Pedraza, es llamada oficialmente Ciudad Bolivia, en honor al *Libertador*.

La novela centra su escenario en los llanos guariqueños. El autor con sobrada maestría narrativa nos recuerda el combate de *El Sombrero*: "Dos horas de combate no fueron suficientes para vencer a los soldados del rey, porque a los patriotas los venció el cansancio acumulado por el recorrido de las recientes largas marchas de más de 50 leguas desde el Apure, sin agua y con sed."

Más adelante narra el infortunio de las tropas patriotas, al mando del *Libertador*. En Las Cocuizas otro revés. A Bolívar lo estaba persiguiendo el infortunio y la desgracia.

Estos episodios el autor los va narrando de manera épica y consciente de relatar y describir un hecho real para convertirlo en novela, haciendo uso moderado de la ficción y de lo mágico: maravilla licencia que brinda la literatura. Haciendo moderado empleo con sensatez de la imaginación incorpora con sutileza la ficción de poner en los pensamientos del *Libertador* una sucesión de recuerdos de los más diversos aspectos de la vida de un hombre, entre los que destacan los realizados en busca de la libertad de su amada patria, abarcando una dimensión temporal que van desde su niñez hasta momentos antes del atentado en esa madrugada de abril de 1818.

La novela la conforman diez (10) capítulos y aproximadamente unas 100 páginas, por lo que podríamos decir que es una novela corta. La novela corta "se caracteriza por ser una historia que se desarrolla con mayor ligereza que un cuento, pero no con la complejidad de una novela". En ella se distingue la habilidad y destreza literaria de un buen escritor. Nuestro cronista lo ha logrado, brindándonos la ocasión placentera de reencontrarnos con la historia hecha ficción y con el buen escritor y narrador que gana la tierra barinesa: Con esta atrevida ocurrencia de Henry Nadales se inscribe en la bibliografía literaria como un novel novelista. Esta dicho que "Los grandes escritores siempre han apostado por la novela corta para llegar a sus lectores", tal como ha sucedido con grandes de la literatura, como Gabriel García Márquez, Camus, Kafka, Melville, Nabokov.

Además, Henry es profesor universitario, magnífica oportunidad para explorar y promover en sus jóvenes estudiantes el amor por la lectura. Sembrándoles sentido de pertenencia y el deseo de conocer el mundo a través de los libros. En esto ya tiene una tarea ganada, su oficio de cronista y su vocación humanista le facilitan lograrlo.

En estas breves pero sentidas palabras introductorias de la primera novela de Henry van plasmadas mi sincera amistad y admiración por un hombre sencillo, pero colmado de un mundo de aspiraciones, que hace algunos años me confesó sus deseos de llegar a ser un novelista; y lo logro, dejando en su andar un cúmulo de huellas como legado imborrable de su alto compromiso con la historia.

Ángel Custodio Santamaría
07 de noviembre de 2024

CAPÍTULO I

La tropa avanza lenta y nerviosa hacia un pequeño poblado enclavado en el corazón de Venezuela. Allí está San José de Tiznados. El candente sol llanero de verano raya la media tarde del día martes 14 de abril de 1818. El *Libertador* al mando de 600 soldados de infantería y 800 de caballería lleva en sus pensamientos el propósito de realizar una parada en el caserío localizado en medio del hato El Totumo, una extensa propiedad rural que el rico y acaudalado coronel don Juan Vicente Bolívar había destinado principalmente al lucrativo negocio de la cría de caballos. Don Juan Vicente había sido bastante conocido en la sociedad caraqueña de la colonia. Siguió la tradición familiar militar, llegando a ser coronel del batallón de milicias; sin embargo, era escaso en lo relativo a opiniones políticas. Vivió en un tiempo en que la lealtad hacia la Corona se dividía entre españoles y americanos, pero jamás entre la monarquía y la independencia.

El comandante es un hombre relativamente joven y nervioso, con 34 años encima, que había nacido en la colonial ciudad de Caracas en una noche de invierno del mes de julio. Su porte recio cabe en un cuerpo flaco y menudo que alcanza a 1,67 metros, medido de la cabeza a los pies. Nació en la cuna rica de un hogar mantuano con mucho abolengo y de cuantiosa fortuna, pinchado por la tuberculosis, una enfermedad bacteriana infecciosa, para la que aún no existe cura, que afecta principalmente a los pulmones.

Sus bigotes y el cabello son negros. Tiene el pelo largo, al que frecuentemente le hace una cola de caballo atado con un cordel también negro en la parte posterior de la cabeza, cerca de la nuca. De frente más alta que ancha, pero surcada por muchas arrugas gruesas de pliegues muy profundos. La disposición de los elementos de la cara y el brillo de sus ojos, igualmente de color azabache, le dan un aspecto sombrío y enigmático.

El grupo de hombres y bestias están a poca distancia del poblado. Nostalgia y nervio invaden la atmosfera de los silenciosos caminantes. No tienen la malicia de la emboscada, pero tampoco son descuidados; saben que el enemigo puede estar en cualquier parte agazapado para dar el zarpazo mortal.

"Padre Prado, en ese pueblecito nació la Negra Matea, una esclava de mi señor padre que llevaron a Caracas para que jugara conmigo cuando era niño", le dijo el comandante al capellán del ejército que cabalgaba a su lado.

"La Negra Hipólita me amamantó recién nacido porque mi madre no pudo hacerlo por quebrantos de salud. Primero recurrió a su amiga y vecina, la cubana Inés Mancebo de Miyares y luego me ofreció sus pechos Hipólita", le dijo nostálgico el jefe militar de la tropa que se acercaba al pueblecito.

"En cambio, corría, danzaba y comía frutas del campo con la Negra Matea. Nos escondíamos en los cañaverales y bañábamos juntos en el agua fresca del río. Ella era mayor que yo unos diez años. Esos años de mi infancia fueron muy felices", agregó al compartir el esbozo de una pequeña mueca de sonrisa con el capellán.

La Negra Matea estaba en San Mateo en 1814. Allí, ella presenció el ataque de Boves y el sacrificio de Antonio Ricaurte, el 25 de marzo de 1814. Éste se había alistado en la expedición del ejército neogranadino que se organizó a solicitud del brigadier Simón Bolívar, para luchar por la independencia de Venezuela y que partió de San José de Cúcuta en mayo de 1813. El capitán Ricaurte se inmoló para que el parque no fuera capturado por los realistas, quien, al ver tropas españolas en condiciones de apoderarse del depósito de armas y municiones, prendió fuego a la pólvora y lo hizo estallar con él adentro, junto con los 50 efectivos de tropa que custodiaban el fortín.

El comandante patriota sostenía entre pecho y espalda el amargo sufrimiento que le producían los recientes reveses propinados por el ejército realista. Las cosas empezaron a andar mal desde el 14 de febrero en Calabozo, por un descuido en la vigilancia encomendada al coronel Juan Guillermo Iribarren. La plaza había sido sitiada con Morillo adentro a punto de ser liquidado definitivamente. El jefe realista burló el cerco y evacuó la ciudad con sus soldados, amparado por las sombras de la noche, la desidia y la indisciplina de los soldados del *Libertador*.

Bolívar persiguió al español y lo atacó en la localidad de *El Sombrero*. Dos horas de combate no fueron suficientes para vencer a los soldados del rey, porque a los patriotas los venció el cansancio acumulado por el recorrido de las recientes largas marchas de más de 50 leguas desde el Apure, sin agua y con sed.

El comandante de *El Sombrero* contramarchó con su ejército a *Calabozo*. El asunto se agravó mucho más en la mañana del 17 de febrero cuando el general Páez le propuso al *Libertador* regresar con sus hombres a reforzar el sitio de San Fernando de Apure. Esta propuesta del jefe llanero era más una deserción que una estrategia militar; pero Bolívar aceptó la propuesta; lo prefirió bien lejos, en cualquier parte, menos por aquí, porque a su lado los soldados llaneros alimentaban la discordia y la división de la tropa. El caraqueño puso en un plato de la balanza a la unidad del ejército y en el otro la potencial victoria patriota. Era preferible la unidad a la victoria. Páez se marchó con los suyos a reforzar un sitio innecesario. No era requisito la aprobación de Bolívar, de todas maneras, se hubiera marchado con la excusa de que el suelo pedregoso de la montaña causaba lesiones en los cascos de los caballos de sus soldados.

El tres de marzo en el hato San Pablo, localizado entre las poblaciones de Calabozo y Ortiz, unió sus soldados a los de Rafael Urdaneta que vinieron en auxilio desde Guayana, integrando un ejército de 2.700 efectivos de tropa. Con ellos emprendió marcha hacia los valles de Aragua, el siete de marzo, teniendo como propósito invadir a Caracas, liquidar a los realistas y tomar el poder.

En la población de La Victoria ordenó a su secretario Pedro Briceño Méndez la urgente redacción y envío de una carta al general Páez solicitándole pronto auxilio porque la situación militar estaba seriamente comprometida. Pasó por la Victoria, llegó a la localidad de El Consejo y pretendió atacar al comandante realista Miguel de la Torre en las Cocuizas. Pero las cosas tampoco fueron mejores esta vez. El infortunio y las dificultades no abandonaban a los patriotas.

En las Cocuizas las tropas se reunieron y ambas avanzaron hacia sus respectivas posiciones enemigas. Era la mañana del día sábado 14 de marzo de 1818. El combate no se realizó porque antes de entrar en batalla al campo patriota llegó, a media tarde, un correo con la noticia de que los españoles habían tomado por asalto a La Cabrera y se combatía en las calles de la ciudad de Maracay.

La mala nueva de la Cabrera, y Maracay en poder del enemigo, obligó a las tropas patriotas al repliegue a la localidad de donde habían salido varias semanas antes. Además, estaban acosados por la persecución de los realistas. Parecía más una huida forzada hacia el llano que una contramarcha estratégica.

Sin embargo, Bolívar decide plantar combate en el sitio del Semen. Cuando los patriotas vislumbraban una victoria total, les llegó a los enemigos el auxilio realista comandado por el propio Pablo Morillo. La eventual victoria se convirtió en una pavorosa derrota. La batalla de la quebrada del Semen realizada el 16 de marzo pudo ser definitiva, porque el jefe Morillo recibió del capitán Juan Pablo Farfán un certero lanzazo en el abdomen, que lo atravesó de lado a lado, mientras que Bolívar estuvo a punto de ser capturado por sus enemigos.

Los elementos de tropa del maltrecho ejército del *Libertador* fueron a parar la carrera de la huida en retroceso, en la localidad de Calabozo, a donde llegaron el 20 de marzo. Allí habían llegado desde el Apure cinco semanas atrás. Además del tiempo perdido y del gasto de pólvora y municiones, las bajas eran cuantiosas en muertos, heridos, enfermos y prisioneros.

Pocos días después el general Páez llegó al Rastro, sitio localizado a unas pocas leguas de Calabozo. Retornaba de San Fernando de Apure con su legión de 2.100 hombres de infantería y caballería. La mayoría de ellos armados con lanzas labradas con varas de madera de guayabo sabanero y templados sus puntiagudos extremos con la llama de la candela.

La tenacidad y el empeño del *Libertador* influyó para que decidiera marchar de nuevo al hato San Pablo. La suerte no cambió en Ortiz. En el sitio conocido como la Cuesta de Ortiz, ambos ejércitos combatieron en una acción sangrienta durante seis horas. Ninguno de los dos bandos resultó vencedor. Muchos fueron los muertos de los ejércitos patriota y realista. Pero más perdió la patria, porque a consecuencias de las heridas recibidas el coronel Genaro Vásquez murió, la misma noche, pero en la madrugada del día siguiente a la batalla, el 27 de marzo de 1818, después de una breve agonía.

Cerca de Dos Caminos, el *Libertador* decidió volver otra vez a Calabozo y ordenó a Páez marchar a Cojedes. Retornó a Calabozo con la intención de preparar la continuación de la campaña militar. Desde Calabozo marchó a San José de Tiznados para continuar hacia San Carlos de Austria con el objetivo de reencontrarse con Páez.

CAPÍTULO II

Al aproximarse a la polvorienta callecita principal de San José de Tiznados, encabezando la marcha de mil 400 soldados que llevaban dibujada la derrota en sus rostros, le ordenó a sus más cercanos colaboradores que desmontaran de sus cabalgaduras.

Junto al comandante marchaban desmontados de sus bestias por el centro de la calzada del pueblecito el doctor Pedro Briceño Méndez, su secretario particular; el padre Miguel Prado, capellán del ejército; José Palacios, su mayordomo de confianza; el capitán Diego Ibarra, su primer edecán; el coronel Francisco de Paula Santander, jefe del Estado Mayor; el coronel Fernando Galindo y el capitán Mateo "*El Sastre*" Salcedo, miembros del Estado Mayor.

Recordó que nunca visitó la estancia de El Totumo en compañía de su padre porque el coronel Juan Vicente Bolívar y Ponte había muerto de tuberculosis el 19 de enero de 1786, a la edad de 59 años. En plena caminata tomó del brazo al capellán y le dijo casi al oído y en voz baja:

"Mi padre era propietario de un hato por aquí mismo en estas tierras de Dios. Pero nunca vine con él por estos lares porque mi viejo se me murió cuando yo apenas tenía dos años de edad".

"Usted no recordará a su padre", dijo el sacerdote.

"Pero sí recuerdo al hato, sé que es aquí mismo. Vine varias veces con mi hermano mayor Juan Vicente", aseguró el *Libertador*.

El sacerdote, con la intención de prolongar la conversación con el jefe del ejército le pregunta: "¿Dónde está su hermano, Su Excelencia?"

"Mi hermano está muerto, murió en agosto de 1811 en el Mar de las Antillas, entre La Florida y Las Bermudas", respondió con melancolía el *Libertador*.

"Dios lo tenga en su Santa Gloria", dijo el capellán sorprendido por la respuesta.

Juan Vicente, viajó a los Estados Unidos enviado por la Junta Patriótica en busca del apoyo de ese país a la causa de la independencia y a comprar armas, pero no logró el respaldo estadounidense ni le dieron permiso para comprar las armas.

"¿Y qué pasó en alta mar?, preguntó curioso el cura.

"El barco naufragó o lo naufragaron", sentenció ambiguo el *Libertador*, y prosiguió la conversa.

Su hermano pensaba comprar armas con 70 mil pesos de su fortuna personal, pero como no lo dejaron, entonces invirtió el monto en maquinarias agrícolas para sus haciendas.

El sacerdote no tuvo el valor de mirar a la cara de su interlocutor porque imaginaba el sufrimiento del conversador. Apenas atinó a decir: "Lo siento mucho, hijo mío".

Con la voz quebrada por el dolor el *Libertador* dejó caer en medio del diálogo una frase muy amarga:

"Padre, el infortunio me ha perseguido desde que vine al mundo. Soy un hombre desgraciado".

"No diga eso *Libertador*, el Todopoderoso tiene misericordia de sus hijos, no te flageles con esos pensamientos", le dijo el capellán como consuelo a la vez que ponía su mano en el hombro de Bolívar.

"Pero es la verdad padre, cuando nací mi madre no pudo alimentarme con sus pechos porque tenía tuberculosis. Ella murió de ese terrible mal cuando yo todavía era un niño de ocho años. Después se me murió mi esposa de fiebre amarilla, casi en plena luna de miel; apenas teníamos pocos meses de casados", argumentó un hombre sombrío y acogotado por sus pesares.

El sacerdote guardó un largo silencio, mientras proseguían el cansino caminar hacia el centro del pueblo. Pero su interlocutor prosiguió lo que se estaba convirtiendo en un monólogo triste.

"Se da cuenta padre que el destino me ha quitado a los seres más queridos, pero tenga usted en cuenta que lo venceré y haré que obedezca a mis deseos", pronosticó el *Libertador* ante un sacerdote sacado de su mutismo por las palabras de un dialogante, al que le vio un raro fulgor en sus vivaces ojos negros.

De pronto el pequeño pueblo se transformó en un conglomerado agitado por la repentina presencia de un ejército numeroso. Nunca antes los lugareños habían visto tanta gente junta, además de dos mil bestias que tapizaron con cagajones la calle principal.

Durante dos días permaneció en San José de Tiznados. Como para no olvidar una vieja estrategia suya el *Libertador* hizo organizar un baile en honor del ejército patriota. Quiso que solamente los miembros su Estado Mayor estuvieran enterados de que la iniciativa de realizar el joropo era idea suya.

"Ibarra, el baile servirá para sacudirnos del pesado luto que lleva la tropa y conquistar las simpatías de los lugareños", dijo a su edecán el comandante.

"¿Mañana también haremos otro baile, *Libertador*?", preguntó con curiosidad el edecán.

"Si estamos aquí o en otro pueblo, siempre haremos bailes a donde llegue el ejército. No somos un cortejo fúnebre, capitán", respondió Bolívar.

Ese mismo día se prendió la fiesta del baile de joropo con la música que producían ejecutantes campesinos del poblado y lugares circunvecinos con instrumentos de arpa, cuatro y maracas, que fueron reclutados en las inmediaciones de San José de Tiznados.

En el amplio y polvoriento patio trasero de alguna casa del vecindario se armó la parranda. A cada rato, cuando el polvo levantaba el vuelo, unos muchachitos traían en totumas agua del *jagüey* para aplacar la tierra. Las parejas de los soldados también fueron invitadas al jolgorio de la tropa con los lugareños.

Ellas constituían un grupo variopinto de púberes, adultas y hasta ancianas a las que les gustaban tanto las labores de cocina como el baile. A algunas, no pocas, especialmente las más jovencitas y sin maridos, les conquistaron sus corazones por los parejos al son del ritmo de un zumba que zumba.

Después que la tropa hizo un almuerzo de carne asada con casabe el día jueves 16 de abril, el *Libertador* ordenó el traslado de la división a una sabana distante una legua del pueblo, ubicada al otro lado del río Tiznados, con la finalidad de evitar ser sorprendido por un enemigo feroz que lo sabía disminuido en sus fuerzas militares.

En las postrimerías del día hombres y bestias atravesaron las frescas y tranquilas aguas verde esmeralda del río Tiznados. Iban a establecer un campamento en *El Rincón de los Toros*, uno de los potreros del hato El Totumo.

El comandante localizó un pequeño bosque sabanero constituido por unos pocos árboles y arbustos para establecer su aposento provisional. Con *el sol de los venados* ordenó presuroso a Santander la pronta disposición del campamento. A la derecha, en plena sabana, un batallón, a la izquierda la caballería y un poco más atrás el parque; también dispuso un preciso dispositivo de seguridad constituido por tres anillos con guardias y centinelas.

Su mayordomo José Palacios y sus asistentes procedieron a limpiar la *mata* en la que el séquito del *Libertador* destinó colgar las hamacas y extender en el suelo las cobijas. Tres hamacas españolas, diferenciadas por sus respectivos colores, fueron dispuestas para sus ocupantes; los demás dormirían sobre sus cobijas, en el suelo.

En las hamacas se acostarían el *Libertador*, el padre Prado y el coronel Fernando Galindo. En el suelo sobre las cobijas, su secretario, el coronel y abogado barinés Pedro Briceño Méndez; el jefe del Estado Mayor, Francisco de Paula Santander; el mayordomo, José Palacios; el capitán Mateo Salcedo y su primer edecán Diego Ibarra.

Hubo tiempo para más; al *Libertador* le sirvieron una comida, a la que pomposamente le llamaron cena, pero era más una tardía merienda que la comida de la noche. Sin embargo, era la misma ración del almuerzo: carne asada con casabe.

Por medio de su jefe del Estado Mayor hizo circular la orden de recogerse temprano, con la intención de iniciar la marcha hacia San Carlos antes del amanecer del nuevo día.

Según la costumbre, al aproximarse la noche el coronel Santander escogió el *santo* y *seña*, para identificar a cada uno de los integrantes del ejército como miembros del bando patriota y de inmediato la hizo circular entre todos los miembros del ejército.

Contra lo acostumbrado, el *Libertador* se recogió temprano. Casi siempre durante todos los días de su vida, con mucha puntualidad, a las diez de la noche, se acostaba con la intención de dormir, aunque no lo lograra siempre. En esta ocasión, antes de las ocho de la noche se quitó las botas y se embarcó en su hamaca.

CAPÍTULO III

Mientras se tomaban las correspondientes previsiones para la protección del campamento patriota en *El Rincón de los Toros*, el coronel Rafael López, ubicado a unas dos leguas y al mando de una columna realista, diseñaba con precisión de relojero un macabro plan para asesinar al *Libertador*.

El coronel López tiene regada la fama en los llanos venezolanos y neogranadinos de ser el mejor jefe de caballería del ejército español. Así lo afirman sus más enconados enemigos. Es astuto, inteligente, sagaz y muy valiente; además lo adorna la virtud de "ser un exitoso estratega militar" y de poseer "un especial talento natural para labrar la victoria en el campo de batalla."

Ya cae la noche en la llanura y hasta el campamento realista de López llegan los componentes de un comando con la buena nueva de traer prisionero al monaguillo del padre Prado. El muchacho fue apresado, muy cerca del campamento del *Libertador* en una operación relampagueante y furtiva, cuando cumplía el encargo de llevar la mula del sacerdote patriota a pastar en una sabana cercana.

"Teniente Renovales, vea usted lo que son mis presagios; además del sargento desertor tenemos a este muchacho, que dijo ser el ayudante del cura de los bandidos rebeldes de Bolívar", dice entre eufórico y complacido el comandante realista.

"Disponga usted, mi coronel, ¿qué hacemos con ellos?", le comentó el teniente español Tomás Renovales.

"Tranquilícese teniente, lo primero que haremos será un severo interrogatorio por separado a ambos rufianes, sin que el uno escuche las respuestas del otro", dijo el comandante realista Rafael López.

Acto seguido, comandante y ayudante proceden a interrogar al sargento traidor que había desertado al ocultarse el sol, después de tomar el *santo* y *seña* de la noche que le habían comunicado sus superiores.

El delator y desleal sargento Ruperto Ovalles Orozco, hijo de cucuteños venidos a Venezuela hace bastantes años y residenciados en los Andes, no requirió mayores esfuerzos de parte de sus captores en el interrogatorio para suministrar el *santo* y *seña.*

El sargento fue llevado esposado y maniatado con un rejo seco cortado del cuero de algún novillo sacrificado meses antes para alimentar a la tropa. Lo ataron al tronco de una palma moriche a la espera de nuevas órdenes, y bajo la estricta vigilancia de tres severos centinelas.

Poco después, el mismo comandante realista Rafael López procedió con el interrogatorio del monaguillo. Los métodos de tortura del comandante realista doblegaron, después de un largo rato, la lealtad hacia la causa revolucionaria de la independencia de la patria y quebraron la fortaleza moral del asistente del cura Miguel Prado, capellán del ejército de Bolívar.

Cotejadas las aportaciones de ambos interrogatorios, los complotados determinan de manera concluyente la veracidad sobre el número exacto de los elementos de tropa, el *santo* y *seña*, la ubicación del campamento patriota, la cuantía de los anillos de seguridad y la locación del aposento improvisado del *Libertador*, en la sabana, en *El Rincón de los Toros*.

Sentado frente a sus asistentes y edecanes el comandante López les anuncia la decisión de ejecutar una operación temeraria en medio de la noche, con el objetivo de poner fin a las aventuras libertarias del bandido Bolívar, que ha conspirado contra Su Majestad el rey de España.

El plan fue elaborado en un *santiamén.* La agudeza mental del jefe realista teje un sencillo operativo, que aunque peligroso y audaz, gana las simpatías de sus subalternos.

"No podemos fallar, la comisión del menor error será castigada con el fusilamiento", dijo López al ponerse de píe frente a su Estado Mayor.

"Mi coronel, ¿el éxito será gratificado?, preguntó un capitán, con la ambición reflejada en el tono de una voz casi silenciosa, pero diáfana.

"Todos los componentes del comando que ejecuten la operación serán ascendidos al grado inmediatamente superior y recibirán mil pesos cada uno de manera inmediata", aseguró el comandante Rafael López, revelando en la promesa la doble condición de sus subalternos: soldados y mercenarios.

Treinta y seis hombres ejecutarían el plan concebido por el jefe realista. El propio coronel López escogió a los integrantes del grupo ejecutor. Seleccionó al teniente Tomás Renovales para comandar a los ejecutores. Anunció que el traidor sargento desertor y el monaguillo serían de la partida. Los restantes treinta y tres miembros del grupo comando fueron seleccionados de entre los mejores tiradores y más arrojados soldados de la columna realista.

A todos los treinta y seis hombres se les suministró uniforme limpio del ejército patriota; y recibieron la orden de colocárselo de inmediato. Vestidos con la indumentaria correspondiente a soldados de la causa de la independencia fueron organizados en un grupo compuesto de cuatro columnas de nueve integrantes cada una. Frente a ellos con voz diáfana y pausada el comandante realista comunicó con detalle el plan y giró con precisión las instrucciones de la operación. Ofreció la recompensa si el plan resultaba exitoso y reiteró la amenaza de fusilamiento si fracasaba.

CAPITULO IV

Casi a las siete de la noche el teniente Tomás Renovales camina con rápidos pasos por el suelo polvoriento del campamento realista. Va al encuentro con su comandante, a una entrevista para ultimar los detalles finales de la operación que se realizará en la madrugada, de acuerdo al plan concebido. Al encontrarlo inician un diálogo en medio de una atmósfera tensa y de mucho nervio.

"Teniente, mire usted al cielo. La de hoy no será una noche oscura. Estamos en la plenitud de la fase lunar del cuarto creciente", afirma con mucha seguridad el comandante.

Renovales mira durante un largo rato al cielo, contemplando la veracidad de lo que su jefe le dijo. Baja la cabeza y clava su mirada en los ojos vivaces del comandante López.

"Oficial escuche bien esto", le dice a su escogido para comandar la ejecución del atentado.

De pie frente a su subalterno, el comandante le explica que la fase del cuarto creciente tiene una duración de catorce días consecutivos. Empezó el pasado día lunes seis de abril y culminará el venidero domingo 19 de este mismo mes, dentro de tres días. Cuando comenzó hace trece días, la luna producía una iluminación de apenas el uno por ciento, que ha ido aumentando progresivamente y alcanzará el 99 por ciento hasta que llegue la luna llena con el 100 por ciento de iluminación; pero la de hoy será de aproximadamente el 85 por ciento.

"¿Qué quiere decir esto teniente?, inquirió López.

"Mi coronel, quiere decir que esta noche los gatos no son tan pardos como cualquiera pudiera imaginar", respondió Renovales.

"Teniente, eso tiene impactos positivos y negativos en la misión suya de esta noche. Tenga usted muy presente la luz de la luna", dijo el comandante López.

"Otra cosa más, no se confíe en ese sargento desertor que llevará entre los nuestros. Ya traicionó una vez y con toda seguridad volverá a traicionar otra vez. Ese es un bandido con alma de traidor", agregó como apostilla.

"Tampoco confíe en el monaguillo", concluyó y se retiró sin esperar comentario alguno de su subalterno.

Entonces fue cuando el teniente Tomás Renovales comprendió la razón por la cual su jefe incluyó dentro del plan vestir al grupo comando que ejecutaría la operación con el uniforme del ejército enemigo.

CAPITULO V

Temprano en la noche del 16 de abril de 1818, en el campamento patriota, establecido en *El Rincón de los Toros*, Bolívar embarcado en su hamaca comenzó a viajar en un mar de recuerdos que de pronto se le vinieron en tropel.

Recordó que su tío político José Félix Ribas había contraído matrimonio con una hermana de su madre a los 21 años de edad. El casamiento lo realizó con su tía materna María Josefa. Fue fusilado el 31 de enero de 1815, en la Plaza Mayor de Tucupido, a los 39 años de edad, descuartizado por sus captores que le fritaron la cabeza en aceite para escarmiento de sus seguidores.

Le vino a su mente, que hervía a borbollones, el recuerdo de aquella ocasión del 19 de mayo de 1813 cuando un joven labriego en una de las callecitas empedradas de la población de *Bailadores,* en los Andes venezolanos, en carrera y a pie descalzo, alcanzó a la caravana de su ejército y colocando la palma de una de sus manos en el anca de la mula en la que al pasitrote marchaba Bolívar comandando la procesión, le dijo una frase que grabó en su memoria para siempre: "Usted será el libertador de Venezuela."

Esa ocurrencia del muchacho campesino fue la que le hizo organizar el protocolo a seguir por los merideños en la apoteósica bienvenida del ejército de Bolívar por las calles de la ciudad. El programa de la entrada triunfal a Mérida incluía entre otros detalles el requisito de que el comandante entrara a la ciudad montando un caballo blanco, cuidadosamente aperado, y no una de las mulas que había montado en la travesía desde San José de Cúcuta, cuando salió el 14 de mayo de 1813. También incluía el plan diseñado por Bolívar que los parroquianos convocados al recibimiento debían apostarse a ambos lados de las calles por donde desfilaría el ejército, gritando vivas y consignas a las dos divisiones expedicionarias. Además, fue insistente el jefe en que entre los gritos de la gente se vociferara aquella premonición del joven en *Bailadores*: *¡Libertador!*

El hombre en su hamaca, colgada de dos árboles de una *mata* en *El Rincón de los Toros*, y sin poder dormir ni un solo minuto, rememoró lo ocurrido en la ciudad de Mérida casi cinco años antes, el 23 de mayo de 1813, cuando hacendados, campesinos y gente del pueblo les dieron la bienvenida a los triunfadores de la Batalla de la Grita, ocurrida tan solo 21 días antes, el 13 de abril.

En Mérida se incorporaron al ejército de Bolívar unos 500 hombres, entre ellos el español Juan Vicente Campo Elías. Los merideños aportaron dinero y alimentos a la causa revolucionaria por la independencia de Venezuela y proclamaron a Simón Bolívar como el *Libertador*, en medio de un apoteósico recibimiento.

Campo Elías era un español de nacimiento, su madre lo había parido en Castilla la Vieja en el año 1759; fue traído a Venezuela por el sacerdote Hipólito Elías, un tío materno suyo, cuando tenía 33 años de edad, en 1791. Bolívar recordó la carismática y recia personalidad, además de la facilidad de palabra, de quien sería poco después un eficiente oficial del ejército patriota. Sin embargo, el *Libertador* lo tenía por un fanático revolucionario de pasiones terribles, con un proverbial odio hacía sus compatriotas españoles. Cuando lo conoció en el mes de mayo de 1813, en la *ciudad de las nieves perpetuas* éste le dijo sin el menor sonrojo que *"a los españoles yo los mataría y después de acabar con todos ellos me degollaría con mi propia espada, para que no quede uno solo de esa maldita raza."*

Esa determinación de Campo Elías siempre acrecentó el misterio del odio por los nacionales a los que pertenecía; aunque Bolívar escuchó en muchas oportunidades que se había unido a la causa republicana por amor a su esposa y porque siempre fue contrario al sistema de dominación, opresión y desigualdad instaurado por la Corona española en América. Por su radicalismo exagerado sometió al saqueo a la población y pasó a filo de machete a más de tres mil personas en *Calabozo*, algo así como una cuarta parte de los calaboceños, una vez culminada la batalla de Mosquiteros. En respuesta a ésta y otras crueldades muchos llaneros combatían en el bando realista a las órdenes de José Tomás Boves y provocaba nuevos alistamientos en las filas del asturiano.

Al *Libertador* la memoria le recordó que el coronel Juan Vicente Campo Elías, bastante entrado en años, con 54 calendarios encima, al mando de unos 2.500 hombres derrotó a José Tomás Boves en Mosquiteros el 14 de octubre de 1813, haciéndolo atrincherarse en

San Jerónimo de Guayabal, donde llegó con apenas 17 hombres.

Pero, el tres de febrero de 1814, un poco más de tres meses después Boves se lo *pegó* cobrando venganza en la Primera Batalla de la Puerta con un ejército mucho más numeroso, en un combate sangriento e intenso, que duró unas dos horas, en la que los patriotas apenas salvaron a su comandante y a unos 200 jinetes.

Pocos días después, el 12 de febrero de 1814, el coronel Campo Elías auxilia a las fuerzas patriotas, comandadas por José Félix Ribas, en la batalla de la Victoria, con un cuerpo de caballería de 220 jinetes que atacaron por la retaguardia al centro realista, rompiendo el cerco impuesto por los enemigos y dándole el triunfo a los patriotas.

Se pusieron tristes los pensamientos del *Libertador*, tirado en su hamaca, al recordar cómo el 17 de marzo de 1814 muere en San Mateo el coronel Juan Vicente Campo Elías, debido a la herida de bala de fusil recibida en un costado, durante las acciones libradas en la Primera Batalla de San Mateo, el 28 de febrero, después de dos semanas de agonía.

Pero no solo era radical Juan Vicente Campo Elías; en las filas patriotas también había muchos oficiales venezolanos que superaban en crueldad a Campo Elías o Boves. Ambos bandos cometían las más diversas atrocidades en distintos lugares de Venezuela. Es el caso del patriota Antonio Nicolás Briceño, un hacendado vecino de las propiedades agrícolas de Bolívar, catalogado como un revolucionario de la línea dura y compañero de exilio suyo en Nueva Granada, que por su maldad se ganó entre sus pares el apodo de *El Diablo*. Este hombre no aceptaba ni respetaba la autoridad de nadie y tenía su propia estrategia terrorista.

Bolívar rememoró que el 16 de enero de 1813, *El Diablo* Briceño le presentó un plan de acción en el cual proponía que se diera muerte a todos los españoles, aunque no se encontraran armados contra los patriotas. Briceño ofreció ascensos militares a sus oficiales a cambio de la cantidad de cabezas de españoles que le llevaran en un saco hasta su escritorio.

El *Libertador* recordó aquella atrocidad cuando Briceño mató y decapitó a dos ancianos civiles españoles y le envió sus cabezas en un saco de fique. También rememoró Bolívar que, en una expedición independiente a Barinas, realizada sin autorización de autoridad alguna, éste continuó con sus sangrientas estrategias; pero fue capturado por los realistas y finalmente ejecutado en compañía de otros prisioneros.

En sus pensamientos revivió los desmanes que sucedían en el teatro de la guerra realizados por los del otro bando. En el ejército realista también realizaban atrocidades. El *Libertador* recordó que el comandante Antonio Zuazola, un militar español originario de Vizcaya, que combatió en las primeras etapas de guerra en Venezuela, cuatro días después de la derrota que sufrió cuando asaltó a Maturín, devastó con premeditación y alevosía los alrededores de la ciudad, incendiando plantaciones, conuqueras, casas y torturando a quien se encontraba a su paso, sin importar que fueran mujeres, niños o ancianos.

Cortaba orejas, degollaba con sus propias manos a mansalva y despellejaba los pies de sus víctimas, haciéndolos caminar sobre vidrios molidos, paja encendida o carbón ardiendo, para decapitarlos después de las torturas. En septiembre de 1813, Bolívar lo capturó muy cerca de Puerto Cabello y mandó a colgarlo de inmediato.

Inventariando en sus recuerdos las atrocidades de los hombres de ambos bandos en medio de la guerra, hizo una comparación con los sucesos ocurridos en otros tiempos no muy remotos; pero sí en otras latitudes, en países más civilizados que los de América. Recordó lo sucedido durante el *Reinado del Terror*; ese período culminante de violencia promovida por el Estado durante la *Revolución francesa*, cuando el pueblo francés vio las ejecuciones públicas y los asesinatos masivos de supuestos o simplemente presuntos contrarrevolucionarios entre septiembre de 1793 y julio de 1794, con la pretensión de salvar a la República Francesa de los políticos corruptos: era "necesario sacrificar una extremidad gangrenada para salvar el resto del cuerpo", según lo expresó un miembro del *Comité de Salvación Pública* de la Revolución.

En esta madrugada en *El Rincón de los Toros* Bolívar recuerda que, en el segundo de sus viajes a Europa, realizado en 1803, después de la muerte de su esposa María Teresa, se entera de las atrocidades durante el *Reinado del Terror* francés. Especialmente rememora las narrativas que le referían las sangrientas masacres de Lyon ejecutadas por Fouché y Collot D´Herbois para castigar a contrarrevolucionarios. Le contaron que Fouché, ante la lentitud de la guillotina, decidió llevar a la gente por centenares al campo y los mataban a cañonazos, estimándose que por orden suya se llegaron a matar a unas tres mil personas; "si se hubiera usado la guillotina la matanza habría tardado años en ajusticiar a tantas personas por el pecado de no simpatizar con la Revolución", dijo sin la menor vergüenza este cínico *genio tenebroso*.

Pero si le preguntaran cómo fue su estancia en París seguramente habría dicho: "¿Quiere usted que le diga cómo me fue en París? La cosa es clara, pues no hay en toda la tierra otra cosa como París. Seguramente que allí es donde uno se puede divertir infinito, sin fastidiarse jamás. Yo no conocí la tristeza en todo el tiempo que me hallé en esa deliciosa capital." Sin duda, es evidente que París lo había deslumbrado. En aquella oportunidad Bolívar había llegado a afirmar que "España es un país de salvajes en comparación con Francia."

Igualmente recordó que él estaba presente el frío domingo dos de diciembre de 1804, al final del otoño, cuando Napoleón Bonaparte se coronó a sí mismo como emperador de los franceses en la catedral parisina de Notre Dame, en presencia del papa Pío VII. Este papa, cuyo nombre secular era Barnaba Niccoló María Luigi Chiaramonti, apodado *el papa bello*, fue el 251er. pontífice de la Iglesia católica, desde el 14 de marzo de 1800, hasta su muerte en 1823, únicamente se limitó a bendecir al nuevo mandatario, seguido de un procedimiento que no encontró precedente en el Pontifical romano, ni en el Ceremonial francés, ante unas cinco mil personas, entre las que se contaba Simón Bolívar.

Con tan solo 21 años de edad, el joven Bolívar comprendió que, con aquel acto tan bochornoso a sus ojos, el general victorioso, convertido en líder de Francia mediante un golpe de Estado, pretendía dar legitimidad a su régimen. También entendió que Napoleón estaba necesitado de demostrar que incluso si lo mataban, su dinastía seguiría vigente con el establecimiento de un gobierno hereditario, garantizando a los beneficiarios de la Revolución sus ganancias.

Acostado en su hamaca, *sin poder pegar las pestañas*, reflexionó sobre las particulares características de partidarios y opositores de la independencia de Venezuela. Hasta su hermana María Antonia Bolívar era partidaria de la Independencia. En 1813, mientras Bolívar en la ciudad de Trujillo lanzaba la Proclama de Guerra a Muerte, ella escondía y protegía a declarados realistas en su propia casa en Caracas. En 1814, cuando la capital estaba a punto de caer en manos realistas, Bolívar ordenó la evacuación de la ciudad; María Antonia se negaba a irse, pero su hermano la convenció de que, al caer Caracas en poder de las hordas llaneras, José Tomás Boves no tendría clemencia con ella. Así fue como salió de Venezuela a Curazao, con sus hijos y su hermana Juana. En 1816, desde Curazao, le escribió una carta al rey de España, donde le pedía que a ella no la penalizara por llevar el apellido Bolívar, porque ella seguía siendo fiel a la monarquía.

Si a sus pensamientos le vino el recuerdo de su hermana María Antonia, carteándose con su enemigo Fernando VII, también le entró en barajuste el recuerdo de la participación de muchas mujeres apoyando a los patriotas en la causa de la independencia de la Corona española: Luisa Cáceres, la esposa fiel del oficial margariteño Juan Bautista

Arismendi, fue una las heroínas que le vino a su mente.

Igualmente recordó a la joven esposa del general Páez; una mujer de un extraordinario valor humano, de quien alguien dijo una vez "que eso era mucho temple para un solo corazón", refiriéndose esa persona a la fortaleza enérgica y valentía serena para afrontar las dificultades y los riesgos que siempre demostró Dominga Ortiz, tanto en las campañas de la guerra de la independencia, en las que participó directamente, como en las confrontaciones políticas de la postguerra.

El *Libertador* era sabedor de que Dominga constituía en el ejército republicano un consuelo para todos los que sufrían heridas o enfermedades; por lo que llegó a considerársele *la primera enfermera del ejército patriota.* Sabía que cuando la epidemia de fiebre del año 1817 diezmó al ejército patriota, fue una verdadera hermana de la caridad, prestando socorro a todos, especialmente a su esposo, con asiduidad y afecto dignos de los mayores elogios. Por eso al encontrarse por primera vez con Páez en el Apure, el 30 de enero de 1818, en el hato *Cañafístola*, el general en jefe Simón Bolívar hizo públicas y oficiales manifestaciones de gratitud a aquella mujer singular. Además, en todas las acciones y combates del general Páez, encontraron a su esposa con la mirada atenta y el corazón rebosante de angustia o alegría.

Pensando en mujeres, el comandante pensó en Josefa *Pepita* Machado, la joven caraqueña de veinte años, de carácter entusiasta y de espíritu noble que le había cautivado el seis de agosto de 1813, cuando junto a otras once muchachas fueron escogidas para recibir al

Libertador. Esa tarde de agosto la ciudad de Caracas estaba de júbilo y sus principales calles fueron adornadas con las más bellas flores para darle la bienvenida al héroe que había liberado de los españoles a las provincias de Mérida, Trujillo, Barinas y Caracas en una campaña relampagueante iniciada el 14 de mayo, casi seis meses antes, en San José de Cúcuta.

Su memoria le atesoró el feliz momento cuando una muchedumbre de paisanos caraqueños lo acompañó hasta el templo de San Francisco, donde los presentes entonaron un *Te Deum (A ti, Dios)*, como tradicional himno cristiano de acción de gracias.

Entre el grupo de las doce jóvenes que coronaron a Bolívar, una de ellas se distinguiría: la joven Josefina Machado. Bolívar no recuerda una sola palabra suya, solo sus ojos mirándose en los de ella. Sus miradas fueron suficientes para que un Bolívar, ya entrado en años, treintañero, viudo y en las mieles de sus triunfos, quedara sumamente atraído por la belleza de la joven morena, de ojos oscuros y dueña de una mirada audaz.

Ella fue la compañera de baile elegida por un bailador apasionado; esa misma noche danzaron con alegría para celebrar sus triunfos. Pero la *Pepa* destacó en el salón de la fiesta, a donde había acudido en compañía de su hermana y su madre, no solo por su belleza, sino también por ser una joven firme, con aplomo y de aguda inteligencia, que dejó inmediatamente interesado a Bolívar.

Él recordó que ella se convirtió en su amante reconocida durante los siguientes años y en una fuente invaluable de cargos para todos quienes conseguían ganarse su favor.

Retorciendo su cuerpo sobre la tela blanca, asegurada por las extremidades de las cuerdas de fique, colgadas de dos árboles de la *mata,* en el potrero de *El Rincón de los Toros* del hato El Totumo, que le servía de cama pendiente en el aire como un columpio, el *Libertador* recordó uno de sus momentos de mayor gloria.

Dos meses después de ese apoteósico mes de agosto de 1813, el 14 de octubre, en el marco de la rendición de homenaje póstumo al coronel Atanasio Girardot, muerto por una bala de fusil en la batalla de Bárbula, el 30 de septiembre. El abogado y oficial neogranadino del ejército patriota cayó muerto empuñando el asta de la bandera, justo cuando izaba el pabellón nacional por el triunfo en el combate.

Cuando el cortejo se detuvo frente a la catedral de Caracas, en la que sería depositado el corazón de Girardot para rendirle los últimos honores al héroe caído, el comandante Bolívar se dirigió hacia la iglesia de San Francisco, ubicada a dos cuadras de distancia de la catedral, donde el Ayuntamiento caraqueño y el doctor Cristóbal Mendoza, gobernador de Caracas, tenían preparado un acto solemne en el que le sería conferido oficialmente el título de *Libertador.*

Siguiendo el protocolo de rigor el gobernador Cristóbal Mendoza, en presencia de las fuerzas vivas de la ciudad, gremios civiles, componentes militares y eclesiásticos, formuló a los miembros del cuerpo edilicio la proposición de otorgarle a Simón Bolívar el título de *Libertador* para que lo usase como un don que le consagraba la patria agradecida a un hijo tan benemérito. La propuesta fue acogida con mucho entusiasmo y aprobada unánimemente por los integrantes del Ayuntamiento.

El silencio de una noche de luna clara, interrumpido por ese sonido único que los grillos producen con sus alas para comunicarse con sus congéneres, contrastaba con los ruidosos pensamientos de un hombre imbuido en una telaraña de eventos relacionados con las actuaciones de un comandante exigido por las peligrosas circunstancias de una guerra atroz y tan inhumana como todas. Piensa en lo ocurrido en la madrugada del 15 de junio de 1813, en la ciudad de Trujillo, cuando obligado por ese accidente de la confrontación bélica hizo una declaración determinante: *"Españoles y canarios, contad con la muerte, aun siendo indiferentes, si no obráis activamente en obsequio de la libertad de América. Americanos, contad con la vida, aun cuando seáis culpables."*

En la grave determinación contenida en ese documento, Bolívar requiere a sus compatriotas responder con claridad a los crímenes de guerra cometidos por los españoles contra el pueblo de Venezuela, después de la declaración de la independencia el 5 de julio de 1811. El comandante, dando vueltas en su hamaca, reflexionó sobre las posiciones asumidas por partidarios y adversarios a la causa independentista. Unos, los contrarios a la proclama, aseguraron que la declaración era una medida de extrema crueldad, pero otros las consideraban un mal necesario, pues parecía ser el único medio para aterrar a los verdugos españoles que durante siglos habían asesinado a muchos venezolanos.

Sin embargo, Bolívar comprendía que más allá de asustar a los españoles y a quienes habían cometido crímenes, el contenido de la proclama le permitió conocer a los afectos y también a los detractores de la causa independentista. La proclama sinceró al país, dejando en claro quiénes estaban a favor de la revolución y cuáles simpatizaban con los realistas. Pero, fundamentalmente, legitimó la muerte a los que se opusieran a la independencia, pasándolos por las armas. No habría, pensaba el *Libertador*, término medio ni relativismo en las posiciones de nadie: o estaba con la revolución o en contra de los libertadores.

Esa proclama de guerra a muerte la dictó en la fría madrugada del 15 de junio de 1813, a su secretario personal, el barinés Pedro Briceño Méndez, un joven abogado de apenas 21 años de edad, que había reclutado para la causa patriota en San José de Cúcuta, a mediados de mayo, menos de un mes antes.

El *Libertador* recordó que le dijo a su secretario Briceño Méndez, escriba también esto que será ley fundamental de la Patria: "*Todo español que no conspire contra la tiranía en favor de la justa causa, por los medios más activos y eficaces, será tenido por enemigo, y castigado como traidor a la patria (...). Por el contrario, se concede un indulto general y absoluto a los que se pasen a nuestro ejército (...).*

También le dijo que escribiera en el documento lo siguiente: "*Y vosotros, americanos, que el error o la perfidia os ha extraviado de las sendas de la justicia, sabed que vuestros hermanos os perdonan y lamentan sinceramente vuestros descarríos (...).”*

El hombre de esos pensamientos sintió un escalofrío que le recorrió todo el cuerpo, y abandonó esos recuerdos que le taladraban los rincones más profundos del alma.

Mientras en su vuelo nocturno una luciérnaga dibujaba una espiral luminosa en uno de los colgaderos de su hamaca, a Bolívar se le plantó el recuerdo de un acontecimiento que le había ocurrido unos dieciséis años antes: El matrimonio con su prima María Teresa Josefa Antonia Joaquina Rodríguez del Toro y Alaiza, una madrileña de veintiún años de edad, después de dos años de noviazgo, cuando el novio apenas tenía diecinueve de haber nacido. El casamiento sucedió el día miércoles 26 de mayo de 1802, en la iglesia parroquial de San José, después de haber obtenido permiso del rey Carlos IV, padre de Fernando VII, para la realización de la boda y de lograr la dispensa de amonestaciones, constituidas éstas por el anuncio expuesto en el tablón de la parroquia donde residían los novios, en el que se detallaron los nombres de los futuros cónyuges con el objeto de que alguien pudiera oponerse públicamente al casamiento si conocía algún motivo que impidiera el matrimonio.

Mientras seguía observando el vuelo circular del luminoso y solitario insecto el comandante recordó que antes de la boda, los abogados suyos propusieron, como normalmente se acostumbraba en esa época, un valor a su prometida por cien mil reales en consideración a su distinguido nacimiento con abolengo aristocrático, su virginidad, sus cualidades personales y la disposición de abandonar España para acompañarlo en la travesía del charco rumbo a Venezuela para establecerse definitivamente en el nuevo hogar de la pareja.

La *luna de miel* tan solo duró casi ocho meses porque María Teresa falleció el día sábado 22 de enero de 1803, en Caracas, víctima de fiebre amarilla, que contrajo en el ingenio de San Mateo, una hacienda de caña de azúcar, localizada en los valles de Aragua, durante una breve estancia que los jóvenes esposos hicieron después de llegar a Venezuela.

La trágica y temprana muerte de María Teresa le cambió la vida a Bolívar. A pesar de haber tenido numerosas amantes, aseguró que ella sería su única esposa y amor verdadero; por eso juró nunca más volver a contraer matrimonio.

Ese recuerdo de su amadísima esposa le causó un temblor en todo su cuerpo, hasta el punto de sentir que su hamaca se movía con los árboles de los que colgaban las cuerdas que la sostenían. El temblor que experimentó le hizo recordar el terremoto que sacudió a Caracas, La Guaira, San Felipe, Barquisimeto, El Tocuyo y Mérida en la *Semana Santa* de 1812. A las cuatro y cinco minutos de la tarde del jueves 26 de marzo de 1812 el movimiento telúrico, que duró apenas 26 segundos, causó millares de muertes humanas y la destrucción de muchas edificaciones.

El *Libertador* reflexionó sobre las implicaciones de ese evento sísmico: una parte, la mayoritaria del clero caraqueño, al cesar los sacudones de la tierra inició una campaña en la que aseguraban que el terremoto era un castigo de Dios al pecado que significaba desconocer la autoridad del Rey español, mediante una revolución libertadora. Los comentarios de los clérigos encontraron sintonía entre muchos vecinos de la ciudad, hasta tal punto que el médico caraqueño José Domingo Díaz publicó en una nota periodística de la *Gaceta de Caracas,* una narrativa en la que aseguraba que esa tarde del día jueves 26 de marzo salió de su casa para dirigirse a la santa Iglesia Catedral, y que cuando estaba llegando a la plaza de *San Jacinto* comenzó la tierra a moverse con un ruido espantoso. De pronto, asegura el galeno venezolano partidario del Rey español, estando en medio de dicha plaza presenciaba la ruina en que había quedado la ciudad y dirigiéndose al templo de la Orden de Predicadores vio la destrucción del templo y los muertos que yacían en su interior. Continúa escribiendo en el periódico que al salir de dicho recinto pudo observar a Bolívar, en mangas de camisa, en cuyo semblante estaba pintado el terror y la desesperación. En las líneas que siguen en la nota periodística el fablistán Díaz, dice falsamente que Bolívar lo vio y le dirigió estas impías y extravagantes palabras: *"Si se opone la naturaleza, lucharemos contra ella, y la haremos que nos obedezca".*

Tenía esta falsa noticia la pretensión de desacreditar a Bolívar al presentarlo ante la opinión pública caraqueña como un ateo y soberbio que se atrevía a desafiar a Dios y a la naturaleza. Sin embargo, la frase inventada por el médico doblado en periodista se convirtió en un significativo instrumento en el surgimiento de un sentimiento de nacionalidad y en una representación viva del rol de la personalidad del líder de la revolución venezolana.

No eran más de las nueve de la noche del 16 de abril de 1818, cuando le invadió un pensamiento oscuro. Recordó que el 30 de junio de 1812, le estalló en sus propias manos una insurrección armada en el castillo de San Felipe de Puerto Cabello, en la que participaron algunos militares procesados por el delito de rebelión en los sucesos ocurridos en Valencia en el año anterior de 1811. El asunto fue que, aunque hizo denodados esfuerzos como comandante de la plaza de Puerto Cabello, en la que se había posesionado el cuatro de mayo de ese mismo año de 1812, ésta pasó a manos de los realistas y con ello todo el material de guerra y otros recursos bélicos almacenados en ese fuerte.

Ese día martes 30 de junio de 1812, prisioneros realistas del Castillo de San Felipe se sublevaron contra sus captores patriotas y tras seis días de enfrentamientos los insurrectos lograron tomar posesión del fuerte y bombardearon desde allí a la población de Puerto Cabello y a buques enemigos.

En esa ocasión España humilló a uno de los líderes de la conducción de la revolución de independencia, ya que el coronel y comandante Simón Bolívar se vio obligado a hincar la rodilla ante la bandera española a la que tanto odiaba. Esto lo obligó a pedir clemencia a su superior Francisco de Miranda, tras ser derrotado por unos prisioneros, escribiéndole una carta en la que admitía su culpa y estupidez, diciendo sentirse muy avergonzado por lo sucedido, ya que *"después de haber perdido la mejor plaza del Estado, ¿cómo no he de estar alocado, mi general? ¡De gracia, no me obligue usted a verle la cara! Yo no soy culpable, pero soy desgraciado, y basta."* No era para menos, pues San Felipe era la fortificación militar más destacada del norte del país y había caído de forma inconcebible bajo el poder de unos disminuidos hombres desde sus celdas.

Bastante antes de la medianoche el secretario de guerra, el coronel barinés Pedro Briceño Méndez, que se había graduado en derecho civil el 28 de octubre de 1811, con tan solo 19 años de edad, extiende en el suelo su cobija muy cerca del sitio donde colgaba la hamaca del *Libertador*, dispuesto a dormir un buen rato porque al amanecer debían partir hacia San Carlos.

Bolívar, percatado de las disposiciones de su colaborador más cercano, recuerda que conoció al secretario de guerra de su ejército el 28 de febrero de 1813, en San José de Cúcuta, cuando a pocos minutos después de la batalla, uno de sus asistentes más cercanos le pidió que observara a un joven de semblanza sería y circunspecta que escrutaba con mirada severa el desenvolvimiento de los diligentes militares que ayudaban al comandante.

"Oficial, diga usted por qué quiere que observe a esa persona", dijo con interés el comandante Bolívar.

"Ese joven vino esta tarde a alistarse en el ejército nuestro y tiene buenas credenciales", respondió el edecán.

"Es un joven abogado, oriundo de la rica Provincia de Barinas. Tiene apenas veintiún años de edad y es miembro de una de las familias barinesas más ricas y acaudaladas. Al graduarse fue a residenciarse en su ciudad natal donde ejerció las funciones de Oficial Mayor de la Legislatura Provincial y luego desempeñó el cargo de secretario del comandante de armas de la Provincia, el coronel Pedro Briceño Pumar, del que es hijo", refirió el oficial a Bolívar.

"El padre de este hombre es pariente del Marqués de las Riberas del Boconó y Masparro, don José Ignacio del Pumar, uno de los más ricos hacendados barineses", aseguró el edecán a un comandante visiblemente interesado en la relación de datos sobre el personaje referido.

Aquel mismo día del mes de febrero de 1813 el brigadier Bolívar le confirió el cargo de secretario de guerra al barinés Pedro Briceño Méndez. Con esta investidura se enrola en el ejército patriota y acompaña a su comandante en la campaña militar que recorrió el Occidente de Venezuela, participando en las batallas y acciones de Las Trincheras, Taguanes, Puerto Cabello, Bárbula, Barquisimeto, batalla en donde muere heroicamente su hermano, el teniente coronel Nicolás Briceño Méndez, Vigirima y Araure.

A principios de 1814, Pedro Briceño Méndez solicita y obtiene una licencia para trasladarse a su natal ciudad de Barinas; no llega a su destino porque al arribar a las cercanías de San Carlos, se detiene obligado por estar esta ciudad sitiada por la división que comandaba el brigadier realista José Ceballos, enfrentada con la división patriota al mando del general Rafael Urdaneta.

Se pone a las órdenes del general Urdaneta y participa en la defensa de Valencia, desde el 28 de mayo hasta el 2 de abril de 1814, cuando se retira para reunirse con el general Simón Bolívar y actuar en la primera batalla de Carabobo, ocurrida el 28 de mayo de 1814, en la que los patriotas obtienen una heroica victoria sobre el mariscal de campo Juan Manuel Cajigal, y participa en las batallas de San Mateo, Aragua de Barcelona y en la de La Puerta, cerca de San Juan de los Morros, el 15 de junio de ese mismo año, en la que los patriotas sufrieron una desastrosa derrota ante la legión infernal al mando del realista José Tomás Boves.

A Briceño Méndez, el 19 de junio de 1814, lo destinan interinamente a la Secretaría de Guerra y Marina. La causa patriota pierde la esperanza de la República, en medio de la anarquía de las tropas republicanas, bajo el inclemente ataque de las fuerzas realistas lideradas por José Tomás Boves y Francisco Tomás Morales. Muerto el asturiano José Tomás, el cinco de diciembre en Urica, por un lanzazo del patriota Pedro Zaraza que le atravesó el cuerpo a la altura del pecho, cuando fue sorprendido por su enemigo al encabritársele el caballo en medio del fragor de la batalla. Aunque los realistas perdieron a su líder, los españoles les infligieron un desastroso y definitivo revés a los independentistas, dejando más de tres mil muertos en el campo de batalla.

Pocos días después del desastre militar de Urica los patriotas, comandados por José Félix Ribas, son nuevamente derrotados en la batalla de Maturín. Esto puso fin a la República y el *Libertador* huye a Nueva Granada por vía marítima; con él viaja el interino Secretario de Guerra y Marina Pedro Briceño Méndez.

Por diferencias con el general Manuel del Castillo y los dirigentes del gobierno de Cartagena, Simón Bolívar y Pedro Briceño Méndez se dirigen a la

República de Haití, a principios de enero de 1815. Allí obtienen ayuda del presidente Alejandro Petión, quien apoya al *Libertador* en la organización de una expedición con la finalidad de invadir las costas venezolanas.

El 31 de marzo de 1816, el *Libertador* nombra de manera definitiva a Pedro Briceño Méndez como Secretario de Guerra y Marina; sin embargo, la derrota de Ocumare de la Costa en julio de ese mismo año, obliga a Bolívar a retirarse nuevamente hacia Haití en busca de apoyo para volver sobre Venezuela. Pedro Briceño Méndez, queda bajo las órdenes del general de origen escocés Gregor MacGregor; con él y unos seiscientos hombres realizan una travesía de cientos de leguas a través de territorio hostil, luchando y venciendo con escasas armas y pocas municiones, participando en una retirada épica dando combate en Onoto, La Victoria, Chaguaramas, Quebrada Honda y Los Alacranes.

El *Libertador* recuerda que, en el año de 1817, el general Manuel Carlos Piar, emprendió la Campaña de Guayana, nombrando al teniente coronel Pedro Briceño Méndez como su Secretario, con el que participa activamente en el paso del río Caura, el asalto de Angostura, el paso del río Caroní y la batalla de San Félix, el 11 de abril de 1817.

Al regresar el *Libertador* a Venezuela con la segunda expedición de *Los Cayos*, emprende la campaña en Barcelona, se dirige hacia Guayana, donde se le incorpora el coronel Pedro Briceño Méndez, como Secretario de Guerra en el mes junio de 1817, presenciando el trágico desastre de Casacoima, el 4 de julio de 1817. Participa en la ocupación de la plaza de Angostura por el ejército patriota, abandonada por el jefe realista Miguel de la Torre.

El *Libertador*, después de organizar el ejército en Guayana y del fusilamiento del general en jefe Manuel Carlos Piar, reorganiza su ejército y entre los nombramientos le otorga al teniente coronel Briceño Méndez el despacho de coronel y lo nombra Secretario de Estado y Relaciones Exteriores.

El comandante patriota, sigue acostado en su hamaca en el sitio de *El Rincón de los Toros*, escuchando un silencio patético, que le conmueve profundamente, causándole gran tristeza y dolor por el desarrollo de los últimos acontecimientos bélicos de su campaña en el centro del país. Sin embargo, le viene a su mente acontecimientos de mucho sentimiento de ternura espiritual como el que le sucedió en la ciudad de Barinas en la tarde del siete de julio de 1813.

Estando en un baile celebrado en honor del ejército patriota en la casona del rico y acaudalado propietario barinés Manuel Antonio Pulido Briceño, conversaba animadamente con Don José Ignacio del Pumar, sobre los requerimientos de recursos para continuar la guerra contra los españoles.

Recuerda que, al opulento hacendado Pumar, le solicitó una contribución económica para sufragar los gastos de guerra del ejército patriota. Don José Ignacio ofreció una jugosa aportación de recursos. Además, cuando la tarde de la fiesta daba paso a la noche, el otrora Marqués de las riberas de Boconó y Masparro, tomó del brazo al comandante patriota y lo llevó hasta uno de los ventanales que daban vista a una de las calles y le dijo:

"Comandante, además del dinero que le he prometido y que aportaré antes que llegue el nuevo día, deseo entregarle un recurso, que requiere la tropa patriota."

Parados ambos hombres frente a unos de los grandes ventanales de la mansión observaron cómo desfilaban frente a sus ojos mil caballos de un solo color. Don José Ignacio dio una palmadita afectuosa en el hombro de su contertulio y le dijo mirándole a los ojos:

"Ahí tiene usted mil caballos *rucios,* de mi propiedad que aporto a la revolución; deles un buen uso a esas bestias, comandante."

Don José Ignacio del Pumar ya no era poseedor del título nobiliario de *Marqués de la Riberas del Boconó y Masparro*; la revolución de independencia había eliminado constitucionalmente todo privilegio legal concedido, distinguiendo a miembros de la nobleza. La *Constitución Federal para los Estados de Venezuela*, sancionada el 21 de diciembre de 1811, por los representantes de las provincias de Margarita, Mérida, Cumaná, Barinas, Barcelona, Trujillo y Caracas, reunidos en Congreso General, abolió títulos nobiliarios; y con ellos al de *Marqués del Pumar*.

A respecto el artículo 204 de la *Constitución* estableció que: "Quedan extinguidos todos los títulos concedidos por el anterior Gobierno y ni el Congreso, ni las legislaturas provinciales podrán conceder otro alguno de nobleza, honores o distinciones hereditaria, no crear empleos u oficio alguno, cuyos sueldos o emolumentos puedan durar más tiempo que el de la buena conducta de los que sirvan."

Además, el artículo 226 de la Carta fundamental ordenó que: "Nadie tendrá en la Confederación de Venezuela otro título, ni tratamiento público que el de *ciudadano*, única denominación de todos los hombres libres que componen la nación; pero a los de las Cámaras representativas, a los del Poder Ejecutivo y los de la Corte Suprema de Justicia se dará por todos los ciudadanos el mismo tratamiento con la adición de *honorable* para los de las primeras, y *respetables* para los del segundo y *recto* para los de la tercera."

Pensando en la *Constitución Federal para los Estados de Venezuela*, sancionada el 21 de diciembre de 1811, le vino el recuerdo del asunto relativo al Congreso Constituyente de ese año. Éste se instaló el dos de marzo de 1811 en la casa del Conde de San Javier, en la ciudad de Caracas, con 30 de los 44 diputados electos, manteniéndose vigente hasta el seis de abril de 1812, cuando se disolvió a sí mismo por la caída de la república; y el cinco de julio de 1811 declaró la independencia de Venezuela.

Los diputados del Congreso fueron electos por las circunscripciones electorales de siete, de las diez, provincias de Venezuela. Veinticuatro por la de Caracas, nueve por la de Barinas, cuatro por la Cumaná, tres por la de Barcelona, dos por la de Mérida, uno por la de Margarita y también uno por la de Trujillo. En las provincias de Maracaibo, Coro y Guayana no hubo las elecciones correspondientes que se efectuaron entre los meses de octubre y noviembre del año anterior de 1810.

Bolívar recordó esa noche en *El Rincón de los Toros* que el Congreso Constituyente de 1811, estaba fraccionado en tres grandes grupos: los separatistas, que estaban decididos a lograr la independencia de Venezuela de cualquier imperio del mundo; los fieles a Fernando VII, que seguían reconociendo al Consejo de la Regencia; y entre los dos bandos había un buen número de diputados indecisos.

Al disolverse el Congreso el seis de abril de 1812, en la ciudad de Valencia, nombró a Francisco de Miranda como dictador y jefe supremo de Venezuela, con el rango militar de Generalísimo, para enfrentar la grave crisis por la que atravesaba la República. El *Libertador* recordó que Miranda dijo en esa ocasión: "Voy a presidir los funerales de Venezuela".

El Generalísimo tenía razón, Venezuela estaba herida de muerte. Muchos consideraban al Congreso como un acto de traición. A los pocos días de la declaración de la independencia, el cinco de julio, los vecinos de la ciudad de Valencia se rebelaron contra la autoridad en Caracas, y los españoles con los canarios alentaron a los esclavos en Barlovento para que se alzarán contra sus amos, los criollos caraqueños, que ahora ejercían el poder.

CAPÍTULO VI

En el campamento improvisado de los patriotas de *El Rincón de los Toros*, y bastante antes de la medianoche, de ese 17 de abril de 1818, todos los que debían disponerse a dormir en la cercanía del comandante ya habían escogido sus correspondientes lugares. En hamacas, muy cerca del *Libertador* lo hicieron el coronel Fernando Galindo y el padre Miguel Prado; los otros cinco, el coronel Pedro Briceño Méndez, el coronel Francisco de Paula Santander, el mayordomo José Palacios, el capitán Mateo *"El Sastre"* Salcedo y el capitán Diego Ibarra dormirían sobre sus cobijas y en el suelo.

Del séquito del *Libertador* su primer edecán, el capitán Diego Ibarra, es un militar muy joven de apenas unos veinte años de edad, que había nacido en la localidad de Guacara, situada en el centro geográfico de Venezuela y se había incorporado al ejército patriota en 1813, con tan solo quince años, como edecán del coronel Ramón García de Sena. Ibarra, para más *pintas*, era pariente del comandante.

Cuando el edecán se acostó sobre su cobija y en el suelo, justo debajo de la hamaca de su jefe se dispuso a hacer creer al comandante que se había dormido pocos minutos después de echarse sobre la *manta*. Se levantó con el mayor sigilo y montó sobre su caballo, que ya estaba ensillado y preparado para una breve cabalgata hasta un rancho campesino donde se realizaba un baile con arpa, cuatro y maracas. El joven edecán echó algún pie con varias campesinas en el patio del rancho y también empinó el codo para beber unos muy pocos tragos de aguardiente elaborado en alguna destilería artesanal de la comarca.

El primer edecán del *Libertador* permaneció en el baile sabanero unas cuatro horas, tiempo suficiente para entablar conversa y amistad con hombres y mujeres. Por el carácter alegre, causado por los tragos y la música, se le hizo fácil entablar dialogo con un hombre de mediana edad, que simpatizaba con la causa patriota. Ese mismo labriego fue el que le advirtió sobre la presencia en la sabana de un grupo muy numeroso de soldados realistas de a caballo, que pernoctaban no muy lejos del rancho en el que se hacía el joropo y del campamento patriota.

El capitán Ibarra, conversó durante algunos minutos con el informante. Éste le aseguró que eran mucho más de mil los elementos de tropa que comandaba el coronel del ejército realista Rafael López, un jefe de caballería astuto y sagaz.

Alrededor de las tres de la madrugada el joven Ibarra abandona en silencio el baile, sube a su caballo y cabalga rápido hasta el campamento. Después de pasar frente a las trincheras de los círculos de seguridad, penetra en las inmediaciones de la *mata* donde duermen los del séquito del comandante. Sin quitarse las botas se acuesta evitando cualquier ruido que delatara su llegada. Tendido en el suelo sobre la cobija escucha que el comandante carraspeaba; pero no era una tosecita repetida para aclarar la garganta y evitar el enronquecimiento de la voz, sino para comunicarle que ya le había descubierto su larga ausencia del campamento.

Consciente de su falta por abandonar el campamento y marcharse hasta un baile de joropo, el edecán le reporta a su jefe que fue informado de la presencia de un ejército enemigo muy numeroso en las sabanas cercanas; esto con el fin de alcanzar el perdón.

"*Libertador*, un lugareño me ha hecho saber de la presencia de una columna realista integrada por más de mil hombres y comandada por un jefe de caballería. Me dijo este buen hombre que se percató de desplazamientos nocturnos de una tropa desde hace dos días", le dijo desde el suelo el edecán a su comandante, que por el asalto de muchos recuerdos no había podido *pegar sus pestañas* en lo que hasta ese momento de la madrugada había transcurrido.

CAPÍTULO VII

Casi al mismo tiempo que el primer edecán del *Libertador*, monta en su caballo, en el patio del rancho donde se realiza el baile sabanero, con disposición de cabalgar hasta el campamento patriota en *El Rincón de los Toros*, el teniente realista Tomás Renovales también emprende una marcha con 35 hombres armados con fusil al hombro y pistola en el cinto.

Los 36 hombres, con vestimenta de patriotas, caminan en *fila india*, marchando uno detrás del otro siguiendo el camino trazado por reses en sus desplazamientos de un lugar a otro de la sabana en busca de pastos y agua. Encabezando la fila, marcha el sargento Ruperto Ovalles Orozco; detrás de éste, el teniente Tomás Renovales, luego el monaguillo del padre Prado y más atrás 33 soldados; según el uniforme, patriotas todos.

Los conjurados caminan las dos leguas que separan al campamento realista del patriota. El teniente Renovales acelera la marcha y conmina al primero de la fila con su pistola en la mano, apuntando al cuadril del sargento desertor y los que le siguen son instruidos a avanzar al mismo ritmo de la marcha para no distanciarse uno del otro. Ninguno pronuncia palabra alguna; el silencio es sepulcral y el nervio tiene la tensión de una terrible frialdad.

Varias veces la espalda del sargento desertor siente el duro hierro del cañón de la pistola del comandante que marcha detrás de él, pero tiene la orden de no voltear por nada del mundo. El monaguillo evita retrasarse en la marcha; muchas son las ocasiones en que redobla el paso para alcanzar al teniente. Los que siguen al monaguillo también guardan la distancia entre uno y el otro. Todos están atentos y vigilantes; parecen conscientes de la peligrosidad de la misión que deben cumplir.

En menos de una hora transitan el trayecto de las dos leguas entre los campamentos. Una suave brisa fresca de la madrugada golpea el rostro sudoroso de los 36 caminantes, cuando se encuentran con la garita del primer anillo de seguridad del campamento patriota. La luz de la *luna creciente* les permite ver la trinchera, desde la que un centinela les grita la palabra acostumbrada, cuando son avistados individuos extraños pertenecientes a una patrulla aproximándose a una garita o puesto de vigilancia: *"Alto"*.

"¿Quién vive?", pregunta el centinela al suministrar el *santo* desde la trinchera, usada como puesto de vigilancia para proteger el campamento provisional, y cavada en el suelo, al tiempo que apoyaba el cañón del fusil en el montón de tierra situado frente al soldado de la vigilancia. Todos los conjurados sienten un nudo en sus gargantas al imaginar que la *seña* pudo haber sido cambiada por la notoria ausencia del monaguillo del padre Prado en el campamento.

"*Brilló su pluma amarilla*", responde con la *seña* el sargento Ovalles Orozco, a una distancia de unos 60 metros, desde el primer puesto en la *fila india,* que había detenido la marcha al recibir la orden de detenerse del centinela desde la garita.

Los 36 hombres armados reanudan la marcha y pasan frente al centinela. El teniente Tomás Renovales decide dividir el grupo a la mitad y continua la caminata hasta el aposento del *Libertador*, siempre con el sargento desertor, él y el monaguillo encabezando la fila. Pocos minutos después, los dieciocho hombres encuentran un segundo anillo de seguridad con otro centinela en otra garita, que al verlos a través de la luz de la luna ordena el "*alto*".

Aunque los criminales tienen la seguridad de la vigencia de la *seña*, la situación impone una tensión nerviosa máxima por la proximidad espacial del objetivo. Desde la garita escuchan el *santo* contentivo de la solicitud de la *seña*:

"*Quién vive*", grita desde la trinchera el centinela del segundo anillo afinando la puntería sobre el grupo de la fila que tenía enfrente, con la culata del fusil apoyada en su hombro derecho.

"*Brilló su pluma amarilla*", dice el sargento al suministrar la *seña* al vigilante ubicado en la trinchera y todos avanzan en busca del aposento del *Libertador*. Pasan raudos frente a la garita ocupada por el centinela patriota. De manera inmediata el grupo de los dieciocho es también partido por la mitad; ahora los comandados por el teniente Renovales que marchan hacia la *mata* donde cuelgan las hamacas de los jefes patriotas son nueve, guiados siempre por el sargento traidor.

Pronto aparece a poca distancia un tercer anillo de seguridad. Los nueve verdugos reciben la voz de *alto* de otro centinela y detienen de inmediato la marcha. En fracción de segundos reciben el *santo* de *quién vive* y la *seña* la suministran con prontitud y mucho apremio: *"Brilló su pluma amarilla"*. Y avanzan hasta las hamacas.

Acto seguido el comandante del grupo comando apura el paso para colocarse detrás del primero de la fila y dando un pequeño brinco lo inmoviliza. Renovales degüella al sargento traidor, al que le ahogó el grito de dolor tapándole la boca con la mano izquierda, mientras en la derecha sostenía un filoso cuchillo ensangrentado con el que había cortado de un tajo la yugular del muerto y lo dejan tirado en el suelo. Al mismo tiempo, al monaguillo le propinan un fuerte golpe en la cabeza con la culata de un fusil, dejándolo sin sentido; lo amordazan y manean con el trozo de una soga, tirándolo al suelo junto al degollado.

El grupo de hombres está reducido a solo siete soldados. Ellos ven, con la ayuda de la luz de la luna, a las tres hamacas colgadas de los árboles de la *mata* que sirve de aposento al *Libertador* y a su Estado Mayor.

Renovales, encabezando la fila de los siete magnicidas, viendo las tres hamacas con sus ocupantes calzándose las botas, alertan a sus compañeros para ejecutar de inmediato la parte final del plan diseñado por el coronel López: las hamacas fueron identificadas en la distancia, asignándoselas a cada par de los seis hombres y les indicó el blanco a disparar; de tal manera que a cada hamaca se le harían dos disparos de fusil; mientras que el teniente realista elegiría la hamaca sobre la que haría su disparo.

CAPÍTULO VIII

Alertado el *Libertador* por su primer edecán, sobre la presencia cercana de una columna realista, instruye a su jefe del Estado Mayor, el coronel Francisco de Paula Santander, de la necesidad urgente de levantar inmediatamente el campamento del sitio de *El Rincón de los Toros*. La orden fue inmediata y relancina, en esto términos:

"Coronel Santander, disponga usted la inmediata movilización de la tropa y del parque. Nos marchamos de aquí ya, *antes que el diablo lo sepa*", ordenó el *Libertador* sentado en la hamaca y dispuesto a levantarse para iniciar la mudanza del campamento.

Todos están despiertos: Pedro Briceño Méndez recoge del suelo la cobija sobre la que durmió dispuesto a empacar sus pertenencias en el morral. El negro José Palacios, está listo para emprender la movilización y recoge algunos pocos objetos de su jefe para embusacarlos en las bolsas destinadas para tal fin en la maleta. El primer edecán Ibarra apera la mula que montará el *Libertador*. Las tres hamacas todavía sostienen a sus ocupantes, que sentados en ellas realizan el ritual de colocarse sus respectivos calzados; al tiempo que el padre Miguel Prado recita en voz baja la oración que enseñó *Jesucristo*: el *Padre Nuestro*.

El coronel Francisco de Paula Santander montó es su mula y cuando comenzaba a realizar el recorrido en el campamento para instruir a todos los soldados sobre la inmediata movilización de la tropa y el parque, se encuentran con los siete soldados vestidos como patriotas, comandados por el oficial realista Tomás Renovales.

La presencia de estos hombres avanzando hacia las hamacas, a los que no recuerda haber visto antes entre la tropa patriota, causan suspicacia al jefe del Estado Mayor. Santander los detiene dando la voz de *alto*; seguidamente los inquiere con el *santo* de "*quien vive*". Con frialdad el realista Renovales, doblado de patriota, suministra la *seña* de "*brilló su pluma amarilla*".

La desconfianza del cucuteño Francisco de Paula Santander sigue presente en sus pensamientos, por lo que pregunta al oficial Renovales:

"Teniente, ¿qué misión realiza usted con sus compañeros a estas horas en el campamento.?"

"Mi coronel, Su Excelencia el *Libertador* me envió a realizar un reconocimiento y supervisar a las ordenanzas del cuartel general que están cuidando a sus caballerías", dijo el interrogado, con una tranquilidad pasmosa que borró cualquier tipo de sospecha del jefe del Estado Mayor.

"Continúe, teniente a dar las resultas de la comisión. Vaya para allá donde está Su Excelencia, en aquella hamaca blanca, cumpla usted su encomienda con prontitud", dijo Santander al tiempo que marchó con destino distinto a la gente de Renovales.

"Sí, mi coronel, así lo haré. No tenga cuidado", y echó a andar seguido de sus seis acompañantes.

Eran las cuatro de la madrugada, del día viernes 17 de abril de 1818, cuando Renovales y sus compañeros fueron hacia las hamacas, acercándose sigilosamente y haciendo las descargas casi a *quema ropa*. Hubo siete fogonazos, uno por cada fusil; todos los magnicidas accionaron simultáneamente sus armas. Casi todas las balas dieron en el blanco: Dos balas le quitaron la vida al padre Miguel Prado, quien apenas acababa de terminar de recitar la oración del *Padre Nuestro*. Un proyectil hizo impacto en la humanidad del coronel Fernando Galindo. Un perdigón cegó la vida del capitán Mateo "*El Sastre*" Salcedo. Tres proyectiles hicieron impacto en la hamaca del *Libertador*, haciendo igual número de perforaciones en la tela blanca; al tiempo que su ocupante, sentado en ella, colocaba la bota de su pie izquierdo; salvando milagrosamente su vida.

Del séquito del *Libertador* solamente resultaron ilesos su mayordomo José Palacios, su primer edecán Diego Ibarra, el coronel Pedro Briceño Méndez y Francisco de Paula Santander. Los demás murieron en el instante.

Todos en el campamento echaron a correr en desorden al comprender que habían sido atacados por los enemigos que pretendían dar muerte al comandante. En medio del desconcierto, el grueso de la tropa realista atacó sin clemencia al campamento patriota con un saldo de unos trescientos muertos. La emboscada realista hizo estragos en la desmoralizada tropa patriota, creída de la muerte de su jefe. La mayoría de los atacados lograron huir velozmente en medio de la noche; algunos de los soldados de la caballería lo hicieron montado sobre sus bestias, otros no tuvieron tiempo de subir a sus cabalgaduras. Los sobrevivientes de la infantería corrieron a campo abierto o se ocultaban en los matorrales.

El sorprendido *Libertador* trató de encontrar a su mula, pero esta se había espantado por la cercana detonación de los fusiles enemigos. Bolívar corrió asustadísimo hasta la caballería, localizada a unos doscientos metros de su aposento, a la que llegó demasiado tarde. Todos desesperados y confundidos por el ataque sorpresivo abandonaron el campamento; solo encontró en las caballerizas al capitán Serrano al momento que *picaba espuelas*. A este oficial le ordenó:

"Capitán Serrano, capitán Serrano, lléveme en las ancas de su caballo."

Pero el egoísta oficial Serrano le respondió:

"Mi caballo no resiste dos jinetes. *En las puertas del cielo, primero yo que mi padre.*"

El *Libertador*, caminó confundido y en solitario a campo traviesa, cuidando de no ser descubierto por la tropa enemiga, ocultándose a ratos entre bosquecillos de chaparrales en la sabana. Un poco de tiempo después, cuando el cansancio y el nerviosismo hacían mella en su organismo, tuvo el encuentro salvador con el sargento Martínez, quien le proporcionó una mula maltrecha por la herida de una bala en el cogote.

"Su Excelencia, confórmese con esta mula herida, sin silla ni aperos", le dijo al *Libertador* el oficial patriota.

Con mucha dificultad el *Libertador* logró subir al lomo de una bestia arisca y nerviosa. Cabalgó con ella por algunos minutos hasta que cayó muerta con su jinete en los lomos, cuando en el horizonte aparecían los *lebrunos del día*.

CAPÍTULO IX

Al amanecer del día 17 de abril de 1818, cuando cayó muerta la mula con el jinete en sus lomos, el *Libertador* se despojó de su chaqueta corta, propia de su indumentaria militar de soldado de caballería. Con la finalidad de simular ante los enemigos su captura también arrojó en el camino su gorra de cuartel, con la pretensión de que si lo buscaban abortaran su persecución.

Caminó solitario y preocupado durante varias horas, desde el amanecer hasta media mañana. Estaba desorientado en medio de la sabana, con un ardiente sol veranero, con sed y sin agua. La sensación de persecución que sentía a cada minuto le hizo ocultarse en matorrales, mientras que los realistas festejaban la derrota que le había infligido a sus enemigos y la incierta eliminación física de Bolívar, el bandido independentista.

Mientras el *Libertador* vagaba desorientado por la vastedad de un territorio desolado, con hambre y sin bastimento, con una sed que le quemaba la garganta y sin una gota de agua, el lancero y comandante patriota Julián Infante perseguía por la sabana, en compañía de algunos elementos de tropa de su ejército, al comandante y coronel realista Rafael López, el planificador del fallido atentado ejecutado en la madrugada, que acompañado de muchos de los suyos se tiroteaba con los compañeros de Infante.

El comandante López, sometido a la persecución de los patriotas se detiene haciendo frente con disparos a sus persecutores. El comandante Infante y los suyos al observar la detención de los perseguidos también paran su carrera y responden con disparos desde la distancia. En medio del intercambio de disparos, un asistente del comandante Infante se apea de su bestia, toma el fusil en sus manos, apoya la culata en el hombro derecho y usando por mampuesto la silla de su caballo hace fuego apuntando al coronel Rafael López.

El cuerpo sin vida del comandante realista cae al suelo, derrumbado por el anca de su caballo *rucio*. La bala de fusil le perforó la frente en medio de las cejas. Al caer el cuerpo de López, al pajonal reseco, el caballo blanco se barajusta en carrera hacía el sitio que ocupan los atacantes de su amo. Infante y los suyos toman a la bestia, descubriendo los elementos de plata contenidos en su apero de freno, la silla, las guarniciones, los estribos y las dos pistolas, transportados por el caballo. Todos estos elementos de plata tenían grabado las letras R y L, las iniciales del nombre y apellido del comandante realista caído, Rafael López.

Poco tiempo después, el *Libertador* fue encontrado, solo y en plena sabana, por el coronel Julián Infante y sus acompañantes. El oficial patriota cedió a su comandante el caballo *rucio* de López, que llevaba aperado y sin jinete. Bolívar montó la bestia de su difunto enemigo, que en horas de la madrugada había ordenado la ejecución de un atentado contra su vida. Con este caballo llegó a la población de Calabozo en horas de la noche.

No pudo reunirse con Páez y los hombres de su división en Calabozo, al que suponía en San Carlos. Tres días después el *Libertador* se encontraba muy cerca de esa localidad, pero retrocedió hasta Guadarrama en la Provincia de Barinas, sin poderse juntar con el *Centauro de los Llanos*.

Estando en Guadarrama el 24 de abril de 1818, una semana después del atentado en la madrugada, pudo comprender que se le había hecho imposible reunir a las tropas de Páez, con las de Manuel Cedeño, en un solo cuerpo del ejército.

El día 27 de abril se enrumbó a Camaguán y el 29 a San Fernando de Apure, al día siguiente retornó a Camaguán para pasar de nuevo a Calabozo con la pretensión de tomar el mando de las fuerzas patriotas, pero sin encontrase con Páez y los suyos, que acababan de llegar a San Carlos.

En la localidad de Calabozo enfermó, viéndose obligado a permanecer al menos dos días allí. El tres de mayo volvió a San Fernando de Apure. El 24 de mayo se embarcó con su tropa rumbo a Guayana. Llevaba el *Libertador* la convicción en sus pensamientos del fracaso del proyecto de la campaña militar en el centro del país con el objetivo de llegar a Caracas; y todo como consecuencia del atentado en la madrugada, que no le cegó la vida, pero lo derrotó militarmente y frustró sus planes de vencer a los españoles cuando emprendió marcha hacia los valles de Aragua el siete de marzo de 1818, teniendo como propósito invadir a Caracas, liquidar a los realistas y tomar el poder.

CAPÍTULO X

Unos ocho meses después del fallido atentado del sitio de *El Rincón de los Toros*, a mediados de enero del año 1819, el *Libertador* regresó al Apure, volviendo a San Juan de Payara; pero inmediatamente regreso a Guayana con la finalidad de asistir a la instalación del Congreso convocado para realizarse el 15 de febrero de 1819, en *Santo Tomé de la Guayana de la Angostura del Orinoco*.

Después de los sucesos de *El Rincón de los Toros*, ambos comandantes no se habían reunido, aunque sí habían intercambiado comunicaciones sobre asuntos administrativos del ejército patriota acantonado en el Apure, bajo las órdenes del comandante José Antonio Páez.

En una de las primeras entrevistas que ambos revolucionarios independentistas sostuvieron, el *Libertador* le hizo una larga y detallada relación de los acontecimientos ocurridos en la madrugada del 17 de abril de 1818, cuando se perpetró el atentado en *El Rincón de los Toros*, en el que por poco pierde la vida.

"Mi hamaca resultó perforada por tres impactos de bala de fusil; yo estaba sentado en ella, cuando sonaron los muchos disparos que a mansalva nos hicieron unos facinerosos del bando realista conducidos por un teniente español de apellido Renovales", le dijo el *Libertador* al comandante Páez, mientras caminaba despacio, con sus manos agarradas en la espalda y la mirada clavada al suelo polvoriento del campamento patriota.

El general de división, con el ceño fruncido, le escucha atento cada una de las palabras del jefe supremo del ejército patriota, diciéndole:

"A usted han tratado de matarlo en varias oportunidades, pero los asesinos han fracasado siempre."

El caraqueño levanta los ojos, dirige la mirada a su interlocutor para expresar un pensamiento oscuro y tenebroso:

"Un día de éstos mis verdugos no tendrán tan mala suerte y entonces lograrán quitarme la vida. Desde mi infancia no he sido un *santo de altar*; por ser lo que he sido he tenido amigos y enemigos. Eso es cosa común en la humanidad; usted también, mi general Páez, tiene amigos y enemigos. Parece ser que lo único que necesitan los hombres para ganarse enemigos es tener éxito."

"Los enemigos de la patria y de la libertad están convencidos que la muerte suya será la eliminación de un obstáculo poderoso a sus pretensiones de esclavizar a los venezolanos", dijo el general Páez.

El *Libertador* pone en conocimiento de Páez los atentados que ha sufrido, utilizando una narración cronológica de los momentos en que ha sido víctima de atentados contra su vida:

"El primer atentado contra mi vida lo sufrí en mi hacienda en Yare, cerca de Caracas, cuando era un joven de 24 años de edad. Esto ocurrió por un pleito de linderos y mi colérico oponente, el doctor Antonio Nicolás Briceño, sacó su pistola y me disparó tres veces, sin que las balas me causaran herida alguna. Se hizo un juicio penal contra mi agresor, que se paralizó con los acontecimientos libertarios de 1810."

"El segundo tuvo ocasión en Puerto Cabello a principios de 1812, cuando el desastre de la caída de ese fuerte en manos españolas, mientras el capitán de milicias Domingo de Taborda, lleno de ira y apoyado por dos de sus asistentes, desenvaina su espada para asesinarme, salvándome gracias a la intervención de numerosos presentes."

"El tercero fue una conspiración para asesinarme liderado por el *fraile capuchino* Pedro Corella, descubierto antes que los implicados pudieran ejecutarlo en abril de 1813. Este sacerdote navarro fue detenido permaneciendo encarcelado dieciocho meses; fue liberado en Bogotá al año siguiente para arremeter contra mí desde el púlpito en sus sermones, llamándome apóstata, y pidiendo mi liquidación; por lo que fue nuevamente privado de la libertad y sentenciado a pena de muerte. En entrevista conmigo nunca me manifestó su arrepentimiento, siendo pasado por las armas ante un pelotón de fusilamiento en *Honda*, en las riberas del río *Magdalena* el 29 de enero de 1815."

"También han conspirado contra mi hasta mis más íntimos allegados. En 1814 se desatan una serie de enemistades solapadas entre mis cercanos oficiales que desearon eliminarme físicamente alegando ser yo el causante de todos los males acaecidos al ejército y a Venezuela. Entre los conspiradores abiertamente estaban Santiago Mariño, Juan Bautista Arismendi, José Francisco Bermúdez, Manuel Carlos Piar y hasta mi propio tío político el general José Félix Ribas."

"El general Piar quiso matarme en Carúpano. Pude escapar de sus intenciones embarcándome presuroso en un velero salvador poco antes de la llegada al puerto de mi perseguidor."

"En Jamaica escapé milagrosamente a dos intentos asesinos planificados por algunos españoles de la más baja ralea, por lo que resuelvo viajar a Haití."

"En una noche de diciembre de 1815, en Kingston, mi esclavo Pío pretendió matarme cuando creyéndome dormido en una hamaca asestó dos puñaladas mortales a Félix Amestoy, que allí reposaba. Cuatro días después confesó haber recibido soborno del caraqueño Salvador Moxó."

"En marzo de 1816, el violento e intrigante oficial Mariano Montilla Padrón, en clara desobediencia me tilda de cobarde, fracasado e inexperto, desafiándome a duelo de espadas con la intención de matarme, que en último momento es impedido por intervención de terceros."

"En el puerto de Güiria, en agosto de 1816 y alentado por el general Santiago Mariño, el general Bermúdez sintiéndose ofendido en su honor y enfurecido luego de una fuerte discusión, atenta contra mí, sable en mano, para herirme de muerte."

"Este atentado en la madrugada en *El Rincón de los Toros* no será el último de los que padezca por causa del éxito de un hombre que solo pretende la gloria de servir y libertar a Venezuela y los pueblos que sufren por causa del imperio español."

Páez escucha y observa a un hombre inquieto, que camina de un lado a otro sin la premura que produce el nerviosismo que normalmente imponen las circunstancias apremiantes de una guerra atroz. Atento al monólogo de su jefe le escucha cuando lo inquiere así:

"¿Qué sabe usted del autor intelectual del atentado en la madrugada?"

"El coronel Rafael López era el mejor jefe de caballería que llegaron a tener los realistas, tanto por su valor como por su sagacidad. Era natural de Pedraza, en la provincia de Barinas, y pertenecía a una de sus familias más conocidas", respondió el general José Antonio Páez.

Después de escuchar la referencia que el general Páez le suministró, permitiéndole confirmar lo referido por sus informantes sobre el audaz jefe de caballería realista abatido por los patriotas pocas horas después del atentado, el *Libertador* miró fijamente a los ojos del comandante llanero para decirle algo que había pensado desde hacía bastante tiempo:

"General Páez, si el coronel Rafael López era oriundo de la Provincia de Barinas, estoy obligado por razones de orden moral hacerle saber que jamás me han faltado barineses a mi lado, tanto en la adversidad como en la prosperidad. Esa tierra ha parido hijos magnánimos, porque el legítimo barinés que dice ser su amigo, lo es en toda época y circunstancias; y si es tu enemigo, lo es sin doblegarse, pero con nobleza, porque lo hace a cara descubierta."

El *Libertador,* con mucha pasión en la pronunciación de cada una de sus palabras en la conversación y con plena convicción en sus aseveraciones sobre el gentilicio del autor del magnicidio, le dijo en un diálogo franco y directo a su interlocutor:

"El barinés no sabe pedir, pero sí dar con generosidad. No recuerdo que alguno me haya pedido ascenso militar o dinero."

"Además, recuerdo que en Angostura no podía ponerme en campaña con la plana mayor del ejército hasta que supo el patriota y generoso barinés don Pablo María Pulido que yo estaba inmovilizado por falta de cuatro mil pesos; en el momento este buen hombre me los prestó sin plazo alguno", dijo con emoción al rememorar un acontecimiento muy reciente sucedido ante la urgencia de unas circunstancias apremiantes.

Finalmente, bajando la intensidad del tono de su voz expresó lo que consideró una sentencia concluyente sobre el pedraceño y barinés Rafael López, estrechando fuertemente la mano del general José Antonio Páez para indicarle que por ahora la conversación estaba finalizando:

"También soy sabedor de la enorme inteligencia, astucia y sagacidad de don Rafael López en la conducción de su tropa."

Y como para que no quedara ninguna duda sobre sus aseveraciones, Bolívar volvió a elevar el volumen de su voz diáfana para expresar que en el fondo de sus pensamientos sentía cierta admiración por algunas de las virtudes que adornaban la personalidad de su enemigo.

"Se me ha dicho que tenía por costumbre movilizar su división en horas de la noche para evitar ser visto por sus enemigos. López estaba equivocado, pero nadie podrá negar su gran valentía y la condición de estratega exitoso", concluyó el *Libertador*.

HENRY NADALES

Por Rubén Mejías

Henry Giovanny Nadales Peña nació el 25 de abril de 1960 en Ciudad Bolivia, capital del Municipio Pedraza del Estado Barinas, en la República Bolivariana de Venezuela. Es abogado, economista, criminólogo, penalista, constitucionalista, cronista, escritor y conferencista.

Está graduado en Derecho, con mención honorifica de *Summa Cum Laude*, y en Economía Agrícola por la Universidad Nacional Experimental de los Llanos Occidentales Ezequiel Zamora (Unellez). Además, tiene estudios de postgrado en diversas Universidades nacionales: Maestría en Educación Superior, Mención Docencia Universitaria, en la Universidad Fermín Toro (Cabudare - Estado Lara) y Derecho Penal y Criminología, en la Universidad Bicentenaria de Aragua (Turmero – Estado Aragua); actualmente es tesista de un Master en Gerencia Pública y cursa una Especialización en Derecho Agrario y Ambiental en la Unellez.

Su dilatada carrera docente la ha realizado en el Instituto Universitario de Tecnología y Agricultura Simón Bolívar (IUTASB); la Universidad Bolivariana de Venezuela (UBV) y en la Universidad Nacional Experimental de los Llanos Occidentales Ezequiel Zamora (Unellez), en la que forma parte del personal académico y de investigación desde el año 2017, al ingresar por resultar ganador en concurso de oposición en la cátedra de Derecho Constitucional.

Actualmente es profesor universitario en las cátedras de Derecho Constitucional; Lógica Jurídica; Criminología y Criminalística; y Derechos Humanos en la Universidad Nacional Experimental de los Llanos Occidentales (Unellez). Tiene un desempeño docente en aulas universitarias de 25 años en diversas asignaturas: Fundamentos de Económicos, Principios de Economía Agrícola, Desarrollo Socioeconómico, Estadística Descriptiva, Estadística Inferencial, Desarrollo Rural, Crédito Agrícola, Administración Pública y Pensamiento Político Latinoamericano.

El lunes 20 de febrero de 2006 fue juramentado por el presidente del Concejo Municipal de Pedraza en el cargo de Cronista Oficial del Municipio, después de participar en concurso público, realizado para designar al sustituto del anterior, al declararse la falta absoluta por fallecimiento del titular, año en el que fue condecorado con la Orden Carlos María González Bona, la más alta distinción que la municipalidad de Pedraza confiere a un ciudadano por sus invaluables servicios y contribución al desarrollo científico, económico, social, cultural y político del municipio, el estado y la Nación.

El 11 de octubre de 2007 fue elegido presidente de la Asociación de Cronistas del Estado Barinas (ACROBA). El 20 de junio de 2009, en el marco de la realización de la XXXVII Convención Anual Nacional de Cronistas Oficiales de Venezuela, realizada en Juan Griego (Estado Nueva Esparta), resultó electo para el período 2009-2011 en el cargo de Secretario de Organización de la Asociación Nacional de Cronistas Oficiales de Venezuela (ANCOV), una institución gremial que agrupa a todos los cronistas oficiales designados por las municipalidades del país. El 22 de septiembre de 2024 resultó electo por unánime aclamación como Segundo Vicepresidente de ANCOV.

Como escritor su obra literaria está constituida por la publicación de siete libros sobre historia local y política: *Crónicas de Pedraza* (2008), *Temas sobre afrovenezolanidad, una compilación* (2010), *Pensamiento Político Latinoamericano, una compilación* (2010), *Perro que late mono* (2012), *Pedraza, fundación y mudanzas* (2013), *Pedraza, 500 preguntas* (2014), *70 personajes de Pedraza* (2015) Escribió y publicó un libro de texto intitulado *Derecho Constitucional* (2017), para uso de estudiantes de la carrera de Derecho de universidades nacionales.

Esta novela se terminó de escribir el 15 de julio de 2024 en Ciudad Bolivia, capital del Municipio Pedraza del Estado Barinas.

www.ingramcontent.com/pod-product-compliance
Lightning Source LLC
LaVergne TN
LVHW020011170826
845677LV00022B/2448